U0734724

愿深情终有主，从此不孤独

——永恒的情诗

吉光片羽 编选

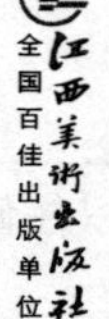

江西美術出版社
全国百佳出版单位

图书在版编目（CIP）数据

愿深情终有主，从此不孤独 ：永恒的情诗 / 吉光片羽编选 . -- 南昌 ：江西美术出版社，2022.9

ISBN 978-7-5480-8703-8

Ⅰ. ①愿… Ⅱ. ①吉… Ⅲ. ①爱情诗－诗集－世界 Ⅳ. ① I12

中国版本图书馆 CIP 数据核字（2022）第 126264 号

出 品 人：刘　芳
企　　划：北京江美长风文化传播有限公司
责任编辑：楚天顺　朱鲁巍　　策划编辑：朱鲁巍
责任印制：谭　勋　　封面设计：冬　凡

愿深情终有主，从此不孤独：永恒的情诗
YUAN SHENQING ZHONG YOUZHU，CONGCI BU GUDU：YONGHENG DE QINGSHI
吉光片羽 编选

出　　版：江西美术出版社
地　　址：江西省南昌市子安路 66 号
网　　址：www.jxfinearts.com
电子信箱：jxms163@163.com
电　　话：010-82093785　　0791-86566274
发　　行：010-88893001
邮　　编：330025
经　　销：全国新华书店
印　　刷：河北松源印刷有限公司
版　　次：2022 年 9 月第 1 版
印　　次：2022 年 9 月第 1 次印刷
开　　本：880mm × 1230mm　1/32
印　　张：9
ISBN 978-7-5480-8703-8
定　　价：38.00 元

本书由江西美术出版社出版。未经出版者书面许可，不得以任何方式抄袭、复制或节录本书的任何部分。

版权所有，侵权必究

本书法律顾问：江西豫章律师事务所　晏辉律师

序言 穿越时空的永恒经典

在晨露未干的阡陌，在迷蒙的江南烟雨中的巷道，又或在奢华喧嚣的游轮，一对男女过客的目光不期而遇，相互倾心，欣喜有之，失落有之。传奇，自此展开……

爱情的刹那生灭，每一个环节，都会产生不同的悸动与情愫。不管邂逅、示爱、幽会、相思、盟誓、别离、怀念，我们总会有不同的体会。

诗是强烈情感的自然流露。古今中外的每个时空，都产生过大量以爱情为主题的文学作品，在这些作品中，尤以“诗”这种体裁用字最为精练优美，所呈现的心灵感受最为丰富。莎士比亚的《第18号十四行诗》，被誉为莎翁最优美的十四行诗。该诗的点睛之笔是最后一句：这诗将长存，并赋予你生命。莎士比亚已经意识到，爱情能够随着这首情诗得以恒久存在。

在土耳其伊斯坦布尔考古博物馆里，在一块看似普通的泥板上，却存留了世界上最为古老的爱情诗。

新郎啊，亲爱的，亲爱的，
你的俊美抓住了我的心，甜美如蜜。
雄狮啊，亲爱的，亲爱的，
你的俊美抓住了我的心，甜美如蜜。

你抓住了我，让我颤抖着站在你面前，
新郎啊，带我去卧室。
你抓住了我，让我颤抖着站在你面前，
雄狮啊，带我去卧室。

新郎啊，让我来抚摸你，我的爱抚比蜜糖更甜。
在满是蜜的房间，
享受你暖心的俊美。
雄狮啊，让我来抚摸你，我的爱抚比蜜糖更甜。

新郎啊，你从我这里得到极乐，
告诉我的母亲，她会给你糖果，
告诉我的父亲，他会给你礼物。

你的精神，我知道去哪里鼓舞，
新郎啊，在我们的房子里睡到天亮。
你的心，我知道去哪里去令它欢欣，
雄狮啊，在我们的房子里睡到天亮。

你，因为你爱我，

给我吧，你那爱抚的祷告，
我的主神啊，我的保护神，
我的苏辛，你让主神恩利尔欢心，
给我吧，你那爱抚的祷告。
你的所在美妙如蜜，放上你祷告的手，
伸出你的手，如同一身圣衣，
覆盖你的手，如同一身圣衣。

这首诗虽然是4000多年前的作品，至今仍能让人感慨不已。关于爱情诗，清代著名诗人及诗论家洪亮吉说："其情之缠绵悱恻，令人可以生，可以死，可以哀，可以乐，则《三百篇》及《楚骚》等皆无不然。"

诗歌是感情的高雅表现形式，极难做到雅俗共赏。只有最富通透的心灵，才能理解最纯粹的情诗。

这本书所选作品虽然横跨古今中外不同的时空，然而人性、人情是共通的，有过类似际遇的你，定会被诗中的情感、意象所感动，产生共鸣。

祝福读者诸君皆能有情人终成眷属，和自己心爱的人一同品味诗篇华章，爱的甜蜜。

吉光片羽

目录

邂逅 第一

在巴黎，风光旖旎的城市，
那一天徘徊着忧郁。
我吻了最快乐的女郎。
她却要从这里去向意大利。

多么圣洁啊，我的女郎，
我相信自己的臆断，
巴黎城不会有比你更美丽。
无奈我未知晓她的芳名，
只能说是我高贵的朋友。
一个轻柔的吻，在我们之间
沟通了两颗心的领地
——在巴黎。

——〔法〕克莱芒·马罗《高贵的朋友》

偶然

/徐志摩

我是天空里的一片云，

偶尔投影在你的波心——

你不必讶异，

更无须欢喜——

在转瞬间消灭了踪影。

你我相逢在黑夜的海上，

你有你的，我有我的，方向；

你记得也好，

最好你忘掉，

在这交会时互放的光亮！

雨巷

/戴望舒

撑着油纸伞，独自

彷徨在悠长，悠长

又寂寥的雨巷，

我希望逢着

一个丁香一样的

结着愁怨的姑娘。

她是有

丁香一样的颜色，

丁香一样的芬芳，
丁香一样的忧愁，
在雨中哀怨，
哀怨又彷徨。

她彷徨在这寂寥的雨巷，
撑着油纸伞
像我一样，
像我一样地
默默彳亍着，
冷漠，凄清，又惆怅。

她静默地走近
走近，又投出
太息一般的眼光，
她飘过
像梦一般的，
像梦一般的凄婉迷茫。

像梦中飘过
一枝丁香地，
我身旁飘过这女郎；
她静默地远了，远了，
到了颓圮的篱墙，
走尽这雨巷。

在雨的哀曲里，

消了她的颜色，
散了她的芬芳
消散了，甚至她的
太息般的眼光，
丁香般的惆怅。

撑着油纸伞，独自
彷徨在悠长，悠长
又寂寥的雨巷，
我希望飘过
一个丁香一样地
结着愁怨的姑娘。

在舞会的喧闹中

/〔俄〕阿列克谢·康斯坦丁诺维奇·托尔斯泰

在舞会的喧闹中，
在尘世虚幻的惊扰中，
偶然地我看到了你，但你的脸庞
笼罩着一层神秘的阴影。

只有双眸在忧郁地观望，
而嗓音却那么美妙动听，
宛如嬉戏的海浪，
宛如悠远的笛声。

我喜欢你那曼妙的身影
和你那若有所思的神情；
而你朗朗的笑声夹杂着悲伤，
一直回荡在我的心房。

在孤寂冷清的黑夜中，
疲惫了的我躺到床上——
我又见到你忧郁的眼睛，
我又听到你快乐的语音。

于是我在悲愁中入睡，
在奇妙的幻想中渐入梦境……
爱你吗？——我自己也不明白，
可我仿佛觉得——我爱你！

野有蔓草

/ 诗经・郑风

野有蔓草，零露漙兮。
有美一人，清扬婉兮。
邂逅相遇，适我愿兮。
野有蔓草，零露瀼瀼。
有美一人，婉如清扬。
邂逅相遇，与子偕臧。

邂逅

/〔苏联〕鲍里斯·列奥尼多维奇·帕斯捷尔纳克

有一天，雪铺满了道路，
盖白了倾斜的屋檐，
我正想出门散散步——
是你，突然站在门前。

你只身一人，穿着秋大衣，
没戴帽，也没穿长筒靴，
你克制着跳动的内心，
嘴里噙着潮湿的雪。

栅栏和树木
消逝到茫茫的迷雾中，
你独自披着雪
站在角落里一动不动。

雪水从头巾上流下，
滚向袖口缓慢地滴落，
点点晶莹的雪粉，
在你那秀发上闪烁。

那一缕秀发的柔光
映亮了面庞，
头巾和身躯，
还有这薄薄的大衣。

睫毛上的雪融化，
你的眼里充满忧郁，
你的整个身形匀称、和谐，
仿佛是一块整玉雕琢。

你曾是那样被带走的，
我的心灵，
好像被镀了锑的钢刀
划下了深深的血痕。

我心中永驻，
你那美丽的面容，
因此，我不再过问
人世间的残酷。

啊，为了这些回忆，
愿雪中的夜加倍地伸延，
在我们两人的中间，
我不能划开一条分界线。

当我们不再存在这世间，
只剩下那些陈年的审判和创伤，
没有人想去过问
我们是谁，又来自何方？

罗斯蒙德

/〔法〕纪尧姆·阿波利奈尔

那位夫人已经走进大门，
我还站在台阶前，
摆着手向她飞吻。

在阿姆斯特丹，
我足足跟她走了两个时辰。
运河上不见半点帆影，
河岸静悄悄，没有人看到
究竟我的飞吻怎样飞向那个人，
为了她我在这一天
献上了两个多小时的生命。

我叫她罗斯蒙德，
为了日后可以时常回味，
在荷兰见过她的鲜花般的嘴唇。
接着我慢吞吞地走开
到远方去寻找我的玫瑰。
我因痴情入梦境，
一声叹息把你的青丝拂动。
此时似饮合欢杯呀！
杯中斟满了你的恋情。

苹果林中树荫下，
何时有了弯弯小径？
心中“宝塔”谁踏基？
你的呢喃细语犹在耳畔。

她走下草原

/〔法〕弗朗西斯·雅姆

她走下草原，那边地势低洼，
草地上开满了形形色色的花。
花木的根茎泡在水中长大，
我采了一大把带水的花儿。

不一会儿，她衣裙湿了，回到高处，
她笑着，甩掉满身的水珠，
高大的姑娘，姿势优美潇洒。
草原高处也满地是花，
姑娘眼睛如薰衣草开花浅蓝带紫。

她带走了一捧一捧的丁香，
她走了，披着一身春光。
她是一枝百合花，被迷人的花粉，
扑了一身。她额头光洁，稍宽了一点，
一旁放着她采来的丁香。

我悄悄走近这些被她抱了半天
有些许憔悴的鲜花。
我俯下身，像个提香炉唱圣歌的小童，
我将嘴唇深深印入幽香醉人的花丛。
她伸过手来，让我握着，和我道别。

我保存着她给我的一块银牌，
上面刻着年月和几个字：祷告、信仰、希望。

可是我觉得这块银牌有点暗淡无光，
让我想起把银牌戴久发黑的那白鸽般的脖颈。

露伊莎

/〔英〕威廉·华兹华斯

在树荫的阴凉下，
我遇见可爱的露伊莎，
那少女像林野间的女神，
为何？我见到她不敢说话。
她敏捷而有力地跳过岩石，
就像五月间的小溪飞出山崖！

她爱她的炉火，茅舍的家，
也爱来回奔跑在沼泽山洼：
不管冒着萧瑟悲凉的天气，
还是在狂风暴雨中挣扎。
看那闪耀在她面颊上的雨珠，
啊！我要是能把它亲吻一下！

当她沿着小溪迂回而上，
去寻觅那瀑布流霞；
我想，如果能在古老的山洞里，
或者在长满绿苔的角落坐下，
我愿意抛弃世上的一切，
只求依偎她片刻！

幻想 第二

亲爱的，但愿我们是浪尖上一双白鸟！
流星尚未陨逝，我们已厌倦了它的闪耀；
天边低悬，晨光里那颗蓝星的幽光，
唤醒了你我心中，一缕不死的忧伤。

露湿的百合、玫瑰梦里逸出一丝困倦；
呵，亲爱的，可别梦那流星的闪耀，
也别梦那蓝星的幽光在滴露中低回，
但愿我们化作浪尖上的白鸟：我和你！

我心头萦绕着无数岛屿和丹南湖滨，
在那里岁月会遗忘我们，悲哀不再来临；
转瞬就会远离玫瑰、百合和星光的侵蚀，
只要我们是双白鸟，亲爱的，出没在浪花里！

——〔爱尔兰〕威廉·叶芝《白鸟》

乘着歌声的翅膀

/〔德〕海因里希·海涅

乘着歌声的翅膀，
心爱着的人随我去飞翔。
向着恒河岸旁那里是最美的地方。

那花园开满了红花笼罩着寂静的月光。
莲花在那儿等待它们亲密的姑娘。

紫罗兰轻笑调情抬头向星星仰望。
玫瑰花把芬芳的童话悄悄地在耳边谈讲。

跳过来暗地里倾听是温柔聪颖的羚羊。
在远处喧闹着圣洁的河水的波浪。

我们要在那里躺下在那棕榈树的下边。
享受着爱情和寂静做着甜美幸福的梦。

当我幻想回到遥远的往昔

/〔俄〕费特·阿法纳西·阿法纳西耶维奇

当我幻想回到遥远的往昔，
在茫茫人海中重新找到你，
我就会像到达新土地的

第一个探索者那样甜蜜地哭泣。

我并不惋惜幼时的儿戏和静静的幻梦，
这幻梦是你引起的，既幸福又悲伤。
在那些日子，从激动不安的伤感中
我默默地尝到了初恋的情味。

我们手挽着手，眼睛闪着亮光，
时而欢笑，时而叹息，
时而诉说着普通的、无关紧要的闲话，
即使如此，我们也两情相依。

戴着戒指的手

/〔拉脱维亚〕莱尼斯

雨后微风习习。云朵伸出了
一只洁白的小手在那遥远的天际。
手指上的光圈像一只戒指，
珍贵的宝石在迷离闪烁。

在这只戴着美丽戒指的小手消失之前
它在远处还久久地光闪熠熠，
直到夜幕降临海面……
莫非那是你从远方向我伸来的手臂？

北国五月之夜

/〔俄〕伊凡·亚历克塞维奇·蒲宁

北国五月之夜未眠
室内半明半暗，
苍白的灯光。
我躺在床上
本想睡去，那万籁无声的寂静
使我陷入
回忆的梦境。

宛如遥远的少小时光，
又勾起我心上的许多忧伤——
仿佛我听见你走进了
我的家门，看见你那孤独、
飘忽不定的背影，
在古旧、低矮、
空寂的大厅里
徘徊游荡。
在这寂寥、宁静里
我又听见
你步履轻缓
和衣裙沙沙的声响。
啊！当此瞬间
一种甜蜜的、
阔别已久的希望
闯入我的心，
令我神往。

五月的凉意
从窗外吹来，
我满怀少年时代的激情
注视着你的幻影，
感受着夜的寂静……
这一切都凝成
今宵苍白、忧郁，
半明半暗的夜色。

我熟悉的梦

/〔法〕保罗·魏尔伦

我常常做这样的梦，难以忘怀，
梦见一位与我相爱的陌生女郎，
每次她都有些变化，
但也没变：她爱我，懂我。

她了解我，我的心只为她
变得透明，唉，只是对她
而我湿润的面颊，
也只有她知道，当我哭时，
它是凉的。

她的头发是褐色、栗色或是火红？
我记得她有一个温柔、动听的名字，
像那些被人世间放逐了的情人。

她的凝视仿若雕像的凝视，
她的声音——遥远、庄严、平静，
像归于虚无的你挚爱的声音。

心愿

/〔法〕亨利·德·雷尼埃

看到你的眼睛，我希望有一片草原。
和一片碧绿而斑斓的森林
悠远
平和

在地平线上明亮的天空下几座轮廓美丽的山丘。
逶迤，腾跃，雾气弥漫。

仿佛融汇在柔和的空气中或者几座山丘。
或者一片森林……

我希望你能听到大海磅礴而低沉的涛声。
汹涌，辽阔，深沉，轻柔哀叹着，
像在倾诉恋情。

有时，就在你身旁
在海浪的间歇中，
你能听到离你很近的一只海鸥。
在寂静中鸣唱低吟细语，

像在倾诉恋情。

在淡淡的阴影中你能听到，
淙淙流淌着一泓清泉。

我希望你的手捧着鲜花你的脚步，
踏在草地里一条细沙小径上，小径延伸，
拐弯，仿佛通向宁静的深处一条细沙的小径，
上面印着你的脚印我们的脚印，
我们俩的脚印。

屋子会充满了蔷薇

/〔法〕弗朗西斯·雅姆

屋子会充满了蔷薇和蜜蜂，
午后，人们会在那儿听到晚间的祷告，
而那些像宝石般闪耀的葡萄，
似乎会在太阳下舒缓的幽荫中睡觉。

在那时我多么地爱你！我给你我整个的心，
（它是二十四岁）和我的善讽的心灵，
我的骄傲，和我的白蔷薇的诗；
然而我却不认识你，你并不存在，
我只知道，如果你活着，
如果你是像我一样地在牧场深处，
我们便会欢笑着接吻，在金色的蜂群下，

在清凉的溪流边，在浓密的树荫下。

我们只会听到太阳的暑热。
在你的耳畔，会有胡桃树洒下的阴影，
随后我们会停止了笑，合上我们的嘴，
来说那不为人知的我们的爱情；
于是我会找到了，在你的嘴唇的胭脂上，
金色葡萄的味，红蔷薇的味，蜂儿的味。

我并不孤独

/〔法〕保尔·艾吕雅

手里捧着新鲜可口的水果。
身上披着彩色缤纷的百花。
骄傲地躺在太阳的怀抱。
幸福地逗着依人的小鸟。
因一滴雨点，
而惊喜。
比早晨的天空更美丽，
忠实。

我谈的是花园，
我浮想联翩但正是此刻我产生了爱情。

磨房的轮子

/〔法〕马克斯·雅各布

我的河流之歌，在那浅滩与桥的地方，
像小教堂的歌声和欧椋鸟的歌声，
我在黄昏去到那儿，去倾诉我的忧伤，
向那漾着波纹的流水倾诉我的忧伤和悔恨。

在流水的歌声中我沉沉睡去，
于是我看见我的爱，我的爱微笑着：
“那是为了谁——我对她说——这些红宝石的石子？
还有这片土地上的这些不知名的园中的花朵？”
“制石磨的人——她回答说——这是我握着你的心啊。
让它到河里去，到那磨房的轮子下面，
让磨轮揉搓它，像你揉搓你的面团。”

于是，我的爱，那些石子和花朵去到磨轮下！
它将把它们碾成泪花，咸味的汗水和泪水，
而那些红宝石，我的爱，或许需要一个砖工，
或许这样最好：让它们跳跃着飞往天堂。

在夕阳和大海之间

/〔英〕阿尔加侬·查尔斯·斯温伯恩

在夕阳和大海之间，
情人的手和嘴唇带来抚慰。
昼带来夜，甜伴着酸，
长久的祈盼带来短暂的欢乐。
爱情啊，你带来的又是什么
在沙丘和大海之间？

在潮线和大海之间，
喜化为悲，悲化为我，
爱变为泪，泪变为火，
死去的欢乐变为新的心愿，
恍惚听到情语，感到爱抚，
在沙滩和大海之间。

在日落和大海之间，
爱守着我度过爱的一刻，
然后踏着那金灿灿的水道，
他飞步而去，追随着日落。
我看到他的脚步来了又去，
在海沫和大海之间。

在海岸和大海之间，
爱笼罩梦，梦笼罩我。
第一颗星看见合二为一

在月升和日落之间；
第二颗星不见爱，只见我，
在海岸和大海之间。

有点儿稚气，可是挺自然

/〔英〕塞缪尔·泰勒·柯尔律治

假如我是只披着羽毛的小鸟，
长着稚嫩的翅膀，
亲爱的，我就飞到你那儿！
不过这种想法真无聊，
我还是留在这儿。

可是睡着了，我就飞到你那儿，
睡着了，我总是和你在一起！
天地间，只有我们。
可是接着醒了，我在哪儿？
完全，完全孤零零的。

哪怕国王下令，也留不住睡意，
所以我爱在天亮前就醒来。
这样，睡意尽管去，
天还暗呢，我轻闭上眼睛，
好梦依旧。

示爱 第三

你就像一朵花，
这样可爱、纯净、美丽；
我看着你，一缕忧思
就潜入我的心里。

我觉得好像应该
把手按住你的头顶，
祈求神永久保佑你
这样可爱、美丽、纯净。

——〔德〕海因里希·海涅《你就像一朵花》

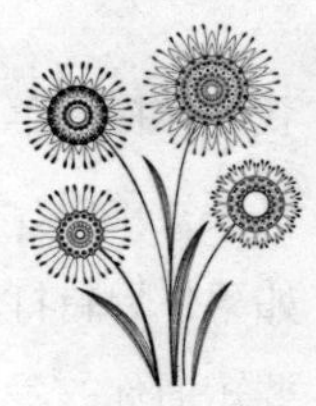

我为什么爱你，先生？

/〔美〕艾米莉·狄金森

我为什么爱你，先生？
因为
风，从不要求小草回答
为什么
当他经过
她就不能不动摇。

闪电，从不询问眼睛
为什么他经过时
她总要闭上，因为他知道
她说不出，
有些道理
难以传在
为文雅人所喜爱的
语言里。

歌

/〔古希腊〕柏拉图

我向你投出苹果，你如果对我真心，
就接受苹果，交出你的纯洁的爱情；
如果你另有打算，也拿起苹果想想，
要知道你的爱人只有短暂的时光。

答李季兰

/唐·皎然

天女来相试，

将花欲染衣。

禅心竟不起，

还捧旧花归。

我拿着这缠绵悱恻的书信

/〔波斯〕阿布·阿卜杜勒·加法尔·伊本·穆罕默德·鲁达基

我拿着这缠绵悱恻的书信，

滴滴泪珠像群星撒满我的衣衫；

我拿起竹笔写给你一封回信，

欲把此心托付在这锦书之中。

女性的爱情和生活（之一）

/〔德〕阿德尔·贝特·冯·沙米索

自从我见到他，

我仿佛已经失明；

不论看向哪里，

都只见他的面影。

就像在白日梦中，

他飘浮在我面前，
黑暗中，
显得格外清楚。

我周围其他一切，
从此都黯然失色。
姐妹们的嬉戏，
再不能引我喜乐。
宁愿独坐房中
垂泪而默不作声；
自从我见到了他，
我仿佛已经失明。

美丽的渔家姑娘

/〔德〕海因里希·海涅

美丽的渔家姑娘，
请把船靠到岸边来；
和我并肩同坐，
拉着手相亲相爱。

把头靠在我的心口，
别慌得这么厉害；
你反正每天无所顾虑，
把自己托付给大海。

我的心也同大海一般，
有风暴也有潮汐，
亦有许多美丽的珍珠，
藏在深深的海底。

我站在高山顶上

/〔德〕海因里希·海涅

我站在高山顶上，
总觉得无限伤情。
假如我是一只小鸟，
千万次长鸣不已。

假如我是一只燕子，
我要飞到你的身旁，
筑起我的小巢，
靠着你的门窗。
假如我是一只夜莺，
我要飞到你的身旁，
从茂绿的菩提树上，
夜夜为你歌唱。

假如我是一只照莺，
我立刻飞到你的怀中；
你非常喜爱傻瓜，
请医治傻瓜的伤痛。

致尼·霍

/〔俄〕伊凡·谢尔盖耶维奇·屠格涅夫

沉睡大地的上空，
月亮飘游在浅白的云间。
那神奇的月亮，
从高空摇荡着海浪。

我心灵的一片海，
也将你当作月亮；
——它也在欢乐和痛苦中，
为你摇荡。

我的心灵充满郁郁爱情
和依稀想象。

我的心情沉重，
可你和月亮一样，不慌不忙。

春天时你到我这儿来

/〔苏联白俄罗斯〕扬卡·库巴拉

春天时你来到我这儿，
像朵小花似的来，
伴着我开得灿烂美丽，
将沉思冥想唤醒……

夏天，七月里你要来，
像棵麦穗似的来，
用收获的闪耀光芒
使沉思欢乐愉快……

静静的秋天你来吧，
像颗小星星似的来，
带着松涛到辽远地方
将沉思轻轻触动……

冬天时你到我这儿来，
像个小太阳似的来，
用古老的金色的故事
让沉思冥想觉醒……

到坟墓上你也要来啊，
像朵小花儿似的来，
用洁白的手，可爱的手
栽下一株丹枫树……

我希望能为你所爱

/〔俄〕亚历山大罗夫娜·米拉·洛赫维茨卡娅

我希望能为你所爱，
不是为了那甜蜜的梦，
而是使我们有共同的命运
我们的姓氏永远联结在一起。

这个世界已被人类损毁，
生活是那样的寂寞、阴沉，
啊，要明白，要明白，要明白，
在整个世界上我永远只是一个人。

我不知道哪儿是真实，哪儿是虚假，
我迷失在死气沉沉的荒山野地，
如果你拒绝这痛苦的心的呼喊，
生活对我还有什么意义？

任凭别人扔掉那些花儿吧，
让它可怜地落入尘埃，
但不是你，不是你，不是你，
啊，我的心灵的主宰！

我希望能为你所爱，
成为你温柔顺从的奴隶，
没有怨言，没有眼泪，没有他心，
我永远地专属于你。

我爱你，像大海爱初升的太阳

/〔俄〕亚历山大罗夫娜·米拉·洛赫维茨卡娅

我爱你，
像大海爱初升的太阳，
像俯视湖面的纳喀索斯
爱梦幻中的水的光和寒冷。
我爱你，
像星星爱金色的月亮，
像诗人爱自己幻想中的作品。
我爱你，
像飞蛾爱熊熊的火焰，
由于爱而疲惫无力，
由于忧伤而不能自已。
我爱你，
像瑟瑟作响的风儿爱河边的芦苇。
我爱你，
用整个心意爱你，
用全部心弦爱你。

我爱你，
像人们爱无法勘破的梦幻：
更甚于太阳，
更甚于幸福，
更甚于生命和春天！

初恋曲

/〔法〕维克多·雨果

祝你幸福，啊，我的爱人，
愿你平静地迎接生活，欢度时光；
醉心在梦的温存，
任那波浪不断荡漾！

命运依然在离别之际向你微笑，
驱散一切恐惧，企盼着
在忧郁的日子里紧随你喜悦的清晓。
当我为你祝福时，苍天总得听我的祈祷。
我们共同的未来全压在我的肩上！

眼下你还让我满怀喜悦：
只怕一离开你，明天我就黯然神伤。
怎么，我的生活竟一片阴霾，且早已安排！
我注定要爱你，又必须离开！
唉！不幸降临到我的头上！
柔情在分离中摇摇欲坠，

对新的渴望想必也难于抵挡：
你会在游乐中将我忘掉，
我会在坟墓里将你怀想。

诚然，我会死去；我的琴音已充满了悲凉。
风华正茂，就悄然长逝，只留下记忆朦胧，
但我毫无惧色；既然曾当面打量过光荣，

我就敢于将死神端详。
不朽的乐土就在黑暗的王国附近，
光荣与死神只不过是两个幽灵，
一个披丧服，一个穿节日的盛装！

祝你幸福圆满，啊，我年轻的朋友，
愿你在平静中欢度韶光；
醉心在梦的温存，
任那波浪不断荡漾！

我的灵魂深处有个秘密

/〔法〕钱拉·德·奈瓦尔

我的灵魂深处有个秘密，我的心事有难以启齿之处，
刹那间我产生了一种永恒的爱情，
苦恼的是这份爱毫无希望，而且我还得保持沉默，
而使我产生爱情的那一位却毫无察觉。

唉！我作为常伴她左右的人将虚度此生而不被她注意，
我总是在她身旁，然而又非常孤寂，
在世上直到我生命的最后一刻，
我什么也不敢要求，而且什么也得不到。

她呀！尽管上帝使她成为一个温柔体贴的人儿，
但她漫不经心地走过，也听不到在她路过时，
传来的轻轻的爱的低诉。

她那严肃虔诚忠贞不渝的品质，
使她在读了这几行洋溢着出自对她爱慕之情的诗句后问道：
“那么这位夫人是谁呢？”而且毫不领会。

脚步

/〔法〕保尔·瓦雷里

你的脚步缓慢，圣洁，
它出自我的寂静；
一步步走向我警醒的床边，
脉脉含情，又冷凉如冰。

纯真的人啊，神圣的影，
你的脚步多么轻柔而拘束！
我能猜想的一切天福，
向我走来时，都用这双赤足！

此时，你的芳唇步步移向
我这一腔思绪里的房客，
用一个吻，
平息了他的渴望。

不，不必发展得如此迅速——
这生的甜蜜和死的幸福，
因为我只是在等待，
你的脚步。

照片

/〔法〕纪尧姆·阿波利奈尔

我醉心于你的微笑如同
醉心于一朵花儿，

她的美
是一座森林。
照片你便是这森林里琥珀色的菌，在宁静的花园里

充满奋激的喷泉和着了魔的园丁。
月儿出现了，
白茫茫一片，
她的美是一团烈火。
照片你便是这烈火的烟。

在你那儿照片
有着慵懒的音调谱出，
感人的歌曲。

她的美是一轮红日。
照片你便是这红日的余晖。

除了爱你我没有别的愿望

/〔法〕保尔·艾吕雅

除了爱你我没有别的愿望。
一场雷雨占满了山谷，
一条鱼占满了河。

我把你造得像我的孤独一样大，
整个世界好让我们躲藏。
日日夜夜好让我们互相了解。

为了在你眼睛里不再看到别的，
只看到我对你的想象。
只看到一个像你这样的世界，
日日夜夜都是由你的眼皮决定的。

伤员

/〔西班牙〕拉斐尔·阿尔贝蒂

“妹子，把头巾给我，
因为我伤势很重。”

“告诉我，要什么颜色，
橄榄绿，还是玫瑰红？”

“我要那块绣花的头巾，

在它的四个角上
绣着你的心。”

我的爱情在一百个形象中

/〔匈牙利〕裴多菲·山陀尔

我幻想你的一百个形象，
我的爱情在一百个形象中。

你若是孤岛，我将是帆船，
永恒地在你的四周航行。

心爱的人儿啊！我这样想：
假如你是一座神圣的教堂，
我的爱情就是一根常春藤，
沿着墙壁顽固地把你攀缠。

你若是喀尔巴阡山，我将是流云，
我要引来闪电击中你的心。
你若是玫瑰花丛，我将是夜莺，
我就用歌声将你环绕。

小树颤抖着

/〔匈牙利〕裴多菲·山陀尔

小树颤抖着，
小鸟落了上去。
当我想起你，
我的心也颤抖着，
我想起了你，
娇小的姑娘——
你是全世界
最大的宝石！

多瑙河涨水了，
也许就要奔腾。
我的心也一样，
抑制不了热情。

你爱我吗，我的玫瑰？
我是那样爱你，
你父母的爱，
也不能和我的相比。

我知道你爱过我，
当我们在一起。
那时是火热的夏天，
现在是冰冷的冬季。

即使你已不爱我，

愿上帝祝福你，
如果你仍然爱我，
愿他千倍地祝福你。

那时候，微风吹散了她的金发

/〔意大利〕弗朗切斯科·彼特拉克

那时候，微风吹散了她的金发，
发卷如云，飘动在她的头顶，
虽看不见那双明亮的眼睛，
却仍透出奇异动人的光华。

她的面颊升起温柔的彩霞，
不知这爱慕是真是假，但我认为，
我心中蠢蠢欲动的爱情之火，
顷刻燃烧，会有什么奇迹爆发？

她的步履轻盈，她的姿态优美，
像飘飘欲仙的天使，她的声音
像仙乐一般优雅、委婉、清脆。

出现在我面前的是天上的精灵，
光芒四射的骄阳；即使这美稍纵即逝，
它已完完全全射中我的心。

牧羊人的恋歌

/〔英〕克里斯托弗·马洛

来吧，来和我一起，做我的爱人，
在这里将拥有所有的欢乐：
这里有峻峭秀丽的山峦，
还有风光明媚的原野和田园。

我俩坐在那边的岩石上，
看牧羊人喂养可爱的羔羊；
在清浅的小溪旁，
鸟儿随着潺潺流水把爱情歌唱。

在那边，我为你编织玫瑰花冠，
用千百枝花束搭起花床，
用爱神木的叶子织成长裙；
让你全身流动着绚丽与芬芳！

从羔羊身上剪下最好的羊毛，
为你做成衣装；
用纯金为你制作鞋扣，
该是多么珍贵，多么荣耀！

常春藤和芳草编成腰带，
点缀着珊瑚纽扣与琥珀水晶。
假如这些享受能打动你的心，
来吧，来同我一起生活，做我的爱人！

银碟里盛着你吃的美味，
如同天上众神所用的一样，
丰盛的佳肴将为我俩，
摆在象牙制的桌面上。

牧羊少年们在五月的每个清晨，
为你高歌起舞，悦你欢心。
假如这些快乐能打动你的心，
来吧，来同我一起生活，做我的爱人！

你的爱使我那么富有

/〔英〕威廉·莎士比亚

当我受尽命运的嘲弄和世人的白眼，
暗自伤感身世的飘零，
徒用呼吁去干扰聋聩的上苍，
顾盼着身影，诅咒自己的生辰，
愿我和另一个一样富于希望，
面貌相似，又和他一样广交游，
希求这人的渊博，那人的内行，
最赏心的乐事觉得最不对头。

可是，当我正要这样看轻自己，
忽然想起了你，于是我的精神，
便像云雀破晓从阴霾的大地
振翩上升，高唱着圣歌在天门：

一想起你的爱使我那么富有，
帝胄和我换位，我也不屑屈就。

夜莺

/〔英〕约翰·弥尔顿

夜间，森林里万籁俱寂，
夜莺在那繁花盛开的枝头歌唱，
拿新希望来充满爱人的心房，
当这美丽的时辰把吉祥的五月来招延。

你流荡的歌音能催眠白日的双眼，
在笨拙的布谷鸟作声前奏响，
预示着那爱的力量，
啊，上帝都给了你婉转的歌喉，
那就在森林里尽早唱，别等那
粗野的坏鸟儿给我说无望的命运，
因为你一年年总是，
唱得太迟了点儿，没叫我舒心。

管你是爱神或诗神的伙伴，我侍奉着
她们两位，她们可都是我的神！

致——

/〔英〕威廉·华兹华斯

任凭别人赞美他们的天使，
像明艳无瑕的骄阳；
你何尝那样完美无疵？
幸好，你不是那样！

没有人夸赞你的美，别在意，
由他们去吧，玛丽——
你在我心中的形象，
什么美也不能比拟。

真正的美啊，深藏在幕后；
揭开这层幕，要等到
爱的，被爱的，相爱的，
两颗心怦然而动。

她的外貌并不令人惊艳

/〔英〕塞缪尔·泰勒·柯尔律治

她的外貌并不令人惊艳，
甚至比不上多少姑娘娇俏；
她的迷人处我也没有体会，
直到一天她向我莞尔一笑。

啊，我这才发现她的眸子如此明亮，
像爱的深井，光的源泉一样。
但现在她的目光羞怯而冷淡，
怎么也不回答我的注视。

虽然我仍能在她的眼里找到，
爱情的光芒在悄悄闪烁；
她的微皱的眉头也远比，
姑娘们的微笑更令我着迷。

我并不爱你

/〔英〕卡罗琳·诺顿

我并不爱你——是的，并不爱你！
但你不在时，我又感到忧伤，
甚至妒嫉你头上明朗的高空，
静谧的星星看着你，也会欢畅。

我并不爱你——但不知为何，
你做的一切在我看来都十分完美，
孤寂独处时我时常叹息，
我的爱人永远不会更像你！

我并不爱你——啊，当你离去，
我憎恶那声音（虽然那么甜蜜），
它打断心灵缭绕的余音，

你如音乐的话语回荡在我耳际。

我并不爱你——可你的眼睛，
清澈、明亮，最深邃的碧蓝，
在我夜半的苍穹中升起
比我曾见的所有眼睛更加频繁。

我明白我并不爱你！然而，哎！
我的坦白没有人相信；
我时常瞥见他们从我身边走过时带着笑意，
因为他们正好看见我凝视着你。

磨坊主的女儿

/〔英〕阿尔弗雷德·丁尼生

她是磨坊主的女儿，
多么可爱标致的女郎！
我愿是那宝石耳坠，
摇曳在她的耳旁；
每日藏在她美丽的发间，
在那温暖白皙的脖颈环绕。

我愿是那裙带，
缠在她秀丽的腰间，
她的心跳离我如此之近，
无论安闲还是忧伤。

我要时刻紧贴着它，
好知道她的心率是否正常！

我愿是那项链，
挂在她馥郁的胸前，
伴随她的笑声与叹息而上下跳跃，
终日享受温暖与馨香。
让我轻躺在她的胸膛，
冀求她在夜里也别把我摘下！

请你再说一遍吧

/〔英〕伊丽莎白·巴雷特·勃朗宁

请再说一遍吧，再对我说一遍，
说你爱我。即使它一再重复，
如同一只布谷鸟不断唱着“布谷”。
要知道：如果缺少了那串布谷鸟的音节，
纵使身披绿袍的春天
降临，也不算完美无缺。

爱人啊，我在黑暗之中听出
一个忧虑的心声，处在痛苦的不安之中，
我喊着：“再说一遍：你爱我！”谁会嫌
星星太多，哪怕颗颗都在天上转动？
谁嫌花太多，哪怕朵朵都为春天加冕？
说你爱我，你爱我，你爱我，把银钟

敲个不停！——亲爱的，只是要记住：
也要用灵魂来爱我，在默默里。

我的星

/〔英〕罗伯特·勃朗宁

那样一颗星，
我只会欣赏
（如璀璨宝石）
它绽出辉耀的光芒，
时而变红，
时而变蓝；
我那颗红蓝变化的星星，
以后我的亲朋
也都将它欣赏。

后来啊，那颗星，如悬空花鸟，不再闪光华，
朋友们只好欣赏该星之上的塞塔，
那塞塔即使是他们的全世界又与我何干？
我的星却让我拥有了它的灵魂，所以我爱它。

歌赞 第四

认为两颗真心的结合
会有任何障碍；就算不得真爱，
看见改变便转舵，
看见转弯便离开。

不，决不！爱是亘古长明的塔灯，
它定睛望着风暴却不为所动；
爱又是指引迷舟的一颗恒星，
你可量出它多高，却量不出它的价值。

爱不受时光的磨损，尽管红颜
和皓齿难免遭受时光的毒手；
爱并不因一时间的改变而改变，
它巍然矗立直到末日的尽头。

我这话若被证明是错的，
那就算我没写诗，也没有真爱过。

——〔英〕威廉·莎士比亚《爱是亘古长明的塔灯》

致永恒美神阿芙洛狄忒

/〔古希腊〕萨福

宝座上的女神，永恒的阿芙洛狄忒，

美的女神，我恳求你，
不要让困苦和沮丧来折磨我的心灵。

来吧，充满同情，来吧，我祈求你；
来吧，我在痛苦呻吟；曾记得从前，
你一听见它，便离开你父亲的天国，
走出那金色宫殿。

你驾着漂亮的马车，为你驾车的是群金雀，
它们振动神奇的翅膀簇拥着你；
那扑打的黑色羽翅，划过穹苍；
一瞬间你自蓝天降临大地。

啊，你，一位天上的尊神，
从嘴唇和眉眼间，绽开明朗的笑颜；
你问我所苦为何，因为我的祷告，
把你唤来人间。

是什么使得我的心如此这般着了魔，
你微笑着问我，并对我说："我的萨福，
是谁亏待你，又是谁拒绝你的爱，
使你空自哀苦？

“不管他是谁，远走高飞也会回来，
他拒绝馈赠，会给你带来更多礼品，
他眼下无情义，会爱得你如痴如狂，
唉，可是啊只怕你不肯。”

求你像从前一样，再临吧，女神，
解除我的忧愁，满足我的要求；
答应我的祷告，现在像从前一样，
你总是我的保护人和盟友。

致凯恩

/〔俄〕亚历山大 · 谢尔盖耶维奇 · 普希金

我记得那美妙的一瞬：
你翩然降临到我面前，
有如昙花一现的幻影，
仿如纯洁之美的仙灵。

当我被绝望的忧愁折磨，
当我饱尝那喧闹的虚幻，
你温柔的声音总在耳边回响，
你可爱的面影总抚慰我的梦。

岁月如流。狂暴的激情
驱散了往日的梦想，
于是我忘记了你温柔的声音，

还有你那天仙似的面影。

在阴暗的囚禁生活中，
我的岁月就那样静静地消逝，
失去了神往，失去了灵感，
没有眼泪，没有生命，也没有爱恋。

如今灵魂已开始觉醒：
你又出现在我眼前，
有如昙花一现的幻影，
仿如纯洁之美的仙灵。

我的心狂喜地跳跃，
过往的一切又重新苏醒，
有了神往，有了灵感，
有了生命，有了眼泪，也有了爱恋。

黄昏星

/〔美〕亨利·沃兹沃斯·朗费罗

你看那天边彩绘的凸窗，
夕阳的红晕将它染上，
黄昏星亮了！爱情和憩息的星辰，
像独自倚着窗扉的娟秀女郎。
随后，便卸去周身璀璨的盛装，
她宿在松林的黑屏风后，

去寻觅轻柔的梦境，去细细重温
深藏不露的恋情，沉入了睡乡。
哦！迷人的星，我的挚爱！
专属于黄昏的爱情之星！
无比娇柔，无比高贵的淑女！
当夜空升起皎洁的月亮，
你便默默地退隐，回去安歇，
你窗口暗淡的灯光也悄然熄灭。

迷人的女王

/〔波斯〕阿布·阿卜杜勒·加法尔·伊本·穆罕默德·鲁达基

鲜花、苹果、麝香、龙涎香，
雪白的茉莉和玉兰也用来装饰。

这一切竟都相形见绌——
面对这这明艳不可方物的女王。

当你摘下面纱，便露出淡红的两颊，
同你幽会的夜晚，使我终生难忘。

因为揭掉蒙在两朵“郁金香”上的纱巾，
就像显现隐在云中的太阳。

两颊红艳得多么像熟透了的苹果，
而“苹果”上的痣点便是麝香。

爱情的先知

/〔波斯〕阿布·阿卜杜勒·加法尔·伊本·穆罕默德·鲁达基

在理智的草地——你是秋日，
在热情的花园——你是春时，
你让善良和温柔于此地诞生，
你好比爱情的先知。

我来向你致意

/〔俄〕费特·阿法纳西·阿法纳西耶维奇

我来向你致意，
告诉你天已破晓，
太阳那温暖和曦的光线，
在树叶间跳跃；

告诉你森林已经苏醒，
每个树枝都充满活力；
百鸟在枝头嬉戏，
大地弥漫着春的气息；

告诉你，我又来到这里，
怀着往昔一般的情意，
幸福陶醉了我的心，
它甘愿全部奉献与你；

告诉你春天无处不在，
抚我以无限的快意，
我还不知要歌唱什么——
可歌儿已飞出我的心。

月光

/〔法〕保罗·魏尔伦

你的灵魂是一片绝妙的风景：
假面和贝贾莫舞令人陶醉忘情，
舞蹈者跳啊、唱啊，弹着琵琶，
彩装下掩不住凄情的心。

他们用“小调”的音符，
歌颂那凯旋的爱和美满的生，
却不敢相信自己的幸福，
当他们的歌声融入了月光——

忧伤，美丽，静寂的月光啊，
小鸟在它的照耀下沉沉入梦，
照得那纤瘦的喷泉腾向半空，
在大理石雕像之间狂喜悲泣。

我的女郎向别人致意时

/〔意大利〕但丁·阿利吉耶里

我的女郎在向别人致意时，
是多么温柔，多么谦逊有礼，
所有人舌头微颤不敢出声，
不敢看向她一眼。

她经过时听到赞美之词，
衣着朴素，亲切动人，
仿佛是自天而降的天使，
将奇迹显示到人群。

不论谁注视她，她都颔首微笑，
用眼睛传送切切真意，
而没有经验的人却懵懵懂懂，
看着她的嘴唇之中，
蹦出一个精灵，娇媚无比，
对着灵魂说一声，“叹息吧”。

花环

/〔意大利〕但丁·阿利吉耶里

我发出阵阵叹息，为了我看到的
一个花环。

我在我的爱人身上，看见
一个用十分娇美的花儿
编成的花环；谦逊的小爱神
从中飞起，
他唱着婉转的歌儿：
谁见到我呀，
都会把我主赞美不已。
如果我和温柔可人
我的薇奥蕾塔在一起，
那么我将问那位
听过我叹息的女郎：
激发过我的憧憬，
戴爱情花冠的女郎呀，
为什么不能来到这里？

我用这些创新的词
作成一首曲子，
出于欢悦，还偷来一袭
赠给别人的衣服。
不过我有所请求：
不论谁唱起它，
应当向他致意。

爱情至上

/〔意大利〕米开朗基罗·博纳罗蒂

当那个时常惹我忧愁叹息过的她
离开了世间、离开了她自己，
从我身边消失了的时候，
“自然”觉得可耻，
而所有认识她的人哭泣。

死神啊，收起你当下的得意，
以为你熄灭了太阳！
但爱情已将你战胜，
爱情使她在地下，在天上，
在圣者旁边得到永生。

可恶的死以为把她德行的回声掩蔽了，
以为把她灵魂的美抑灭了。
她的诗文表示正好相反：
它们把她照耀得更光明，
她在死后令天国为之折服！

头发

/〔法〕雷·德·古尔蒙

西蒙娜，有种绝妙的神秘，
藏在你头发的森林里。

你带有干花的气味，你带有
野兽睡过的石头的气味；
你带有树皮的气味，你带有
颠簸马车运来的麦子的气味；
你带有木柴的气味，你带有
清晨第一炉面包的气味；
你带有沿荒垣
开放出的花朵的气味；
你带有嫩叶的气味，你带有
沐浴过雨水的常春藤的气味；
你带有黄昏时割下的
灯芯草和蕨类的气味；
你带有冬青、青苔的气味；
你带有在篱荫脱掉籽实的
枯萎发黄的野草的气味；
你带有金雀花、荨麻的气味；
你带有苜蓿、牛乳的气味；
你带有茴香、野芹的气味；
你带有核桃的气味，你带有
熟透而摘下的果实的气味；
你带有花繁叶满时
柳树和菩提树的气味；

你带有蜂蜜的气味，你带有
渡过牧野的生活的气味；
你带有泥土、河流的气味；
你带有爱情和火的气味。

西蒙娜，有种绝妙的神秘，
藏在你头发的森林里。

她走在美的光彩中

/〔英〕乔治·戈登·拜伦

她走在美的光彩中，像夜空
皎洁无云而且繁星满天；
明与暗的最美妙的色泽，
都融入她的容颜和双眸；
耀目的白昼光线太强，
它比那光亮柔和而幽暗。

多一道影太浓，少一缕光太暗，
都会损害这难以形容的美，
美波动在她乌黑的发上，
在她脸上温柔地闪光。
在那脸庞，恬静的思绪
诉说着她的纯洁而珍贵。

啊，那额际，那鲜艳的面颊，

如此温和、平静，而又脉脉含情，
那迷人的微笑，那容颜的光彩，
涵容一切的胸怀，
她的头脑安于世间的一切，
充溢着真纯爱情的心田！

我的情人的眼睛绝不像太阳

/〔英〕威廉·莎士比亚

我的情人的眼睛绝不像太阳；
珊瑚也远比她的嘴唇红亮：
雪若算白，她的胸膛就暗褐无光，
发若算丝，铁丝就生在她头上。

我见过玫瑰如缎，红白相间，
但她的双颊未有过这种晕光；
许多熏香教人沉醉，
我的情人却吐不出这种芬芳。

我喜欢听她说话，但我很清楚，
音乐会奏出更加悦耳的和音；
我注视我的情人走在地上，
同时我承认没见到女神在行进；
可是，我敢对天发誓，我认为我的情人，
远胜所有天仙似的美人。

然而，爱，仅仅是爱

/〔英〕伊丽莎白·巴雷特·勃朗宁

然而，爱，仅仅是爱，就是美丽的，
就值得你接受。
你知道，爱就是火，
火总是光明的，不论着火的是庙堂
或者柴堆——是栋梁还是荆榛在烧，
火焰里总跳得出同样的光辉。
当我不由得倾吐出："我爱你！"在你的眼里，
那荣耀的瞬息，我忽然变了形，
得到了正确的荣耀，带着新的荣光，从我的额头
投向你脸上。
是爱，就无所谓卑下，
即使是最微贱地在爱：那微贱的生命，
献爱给上帝，宽宏的上帝接受了它又回赐给它爱。
我那迸发的热情
就像道光，通过我这陋质，昭示了
爱的大手笔怎么给造物润色。

至善

/〔英〕罗伯特·勃朗宁

在一只蜜蜂的翅膀下藏着时光的全部馨甜和芳香，
在一块宝石的内核里载着矿藏的全部美妙和富裕，
大海的全部阴阳都汇在一颗珍珠的心里。

馨甜和芳香，阴和阳，美妙，富裕，
以及——远胜于它们的——
比宝石更闪耀的真诚，
比珍珠更纯洁的信任——
宇宙间最闪耀的真诚，最纯洁的信任——
一切对我来说，
都在你给我的吻里。

回旋曲

/〔英〕阿尔加侬查尔斯·斯温伯恩

当我坐在她身边，亲吻她的发，
把它编织又解散，轻轻地摆弄；
将这发缚住她双手，牵住她眼光——
比花还要深，带着薄暮的迷惘；
被自己长发捆住的她呀美如画，
当我亲吻她的发。

她的面容远胜那梦的甜蜜，
那大海之下清凉的浪花的梦；
我的脸和她的脸间永无苦涩，
一切新的欢甜都相形失色，
除非遭遇死亡——
当我亲吻她的发。

第 18 号十四行诗

/〔英〕威廉·莎士比亚

我可否把你来比作夏天呢？
虽然你比它可爱也比它温婉；
狂风把五月的花蕾摇撼，
夏天的足迹匆匆而去；
天上的眼睛有时照得太酷烈，
它那炳耀的金颜又常遭掩蔽；
被机缘或无常的天道所摧折，
没有芳艳不凋残或不销毁。
但是你的长夏永远不会凋歇，
你的美艳亦不会遭到损失，
死神也力所不及，
当你在不朽的诗里与时同长。
只要一天有人类，或人有眼睛，
这诗将长存，并赋予你生命。

幽会 第五

去年元夜时，花市灯如昼。
月上柳梢头，人约黄昏后。
今年元夜时，月与灯依旧。
不见去年人，泪满春衫袖。

——宋·欧阳修《生查子·元夕》

我为我破碎的心骄傲

/〔美〕艾米莉·狄金森

自从中了你的箭矢，我为我破碎的心骄傲，
自从遇见你，我为我从未有过的痛苦骄傲；
自从你带来抚慰人心的月亮，
我为我的夜晚骄傲；
更别说，还有你的热情，我的羞怯。

鹊桥仙

/宋·秦观

纤云弄巧，飞星传恨，银汉迢迢暗度。
金风玉露一相逢，便胜却人间无数。
柔情似水，佳期如梦，忍顾鹊桥归路。
两情若是久长时，又岂在朝朝暮暮。

你让我等得太久了

/〔德〕德特勒夫·冯·李利恩克龙

森林在一旁偷听。
快跟我来，我的爱人，
趁白日的喧嚣没有到来，
淙淙的泉声还在流淌。

快点，快点，
我的爱人，
趁这深沉的寂寥的恐怖
还没有被风吹得飘散的时光。

树梢头露出
晨曦的曙光。
啊，别再迟延，我的爱人，
不要让我等得时间太长。

太阳占领山坡，
她终于柔顺地
微笑着投入我的怀抱里。
鸟群往天边飞去。

低语，微弱的气息

/〔俄〕费特·阿法纳西·阿法纳西耶维奇

低语，微弱的气息，
夜莺的鸣啭，
银色的月光，梦一般的
溪水潺潺。

夜的光，夜的幽幽的影，
光影朦胧，
在光影中变幻莫测的

熟悉的面容。

玫瑰红的云烟，
琥珀般明亮，
频频地亲吻，泪珠，
晨曦的霞光！

淋雨

/〔俄〕阿波隆·尼古拉耶维奇·迈科夫

你可还记得：我们没想到会打雷下雨，
却在离家很远的地方突然遇上倾盆大雨，
我们急忙躲到一棵枝繁叶茂的云杉树下……
雨丝透过云缝哗哗而下，在那儿
我们经历了无穷的快乐和恐惧！

我们好像站在一个金色的笼子里，
我们周围的地上飞溅着无数的珍珠；
从云杉的针叶上滚落下来的水滴，
闪闪发光地滴落在你的头上，
还从你的肩上一直流到腰际……

你可还记得——我们的笑声渐渐平息……
突然，一声巨雷在咱们头顶响起——
你闭上眼睛紧紧地抱住我，
真是一阵好雨啊！

静悄悄的夜晚

/〔俄〕伊凡·亚历克塞维奇·蒲宁

静悄悄的夜晚，
一弯弦月
从静默的菩提树梢升起，
阳台的门吱呀作响，
我捕捉到这轻轻的响动。
由于愚蠢的口角，
只有我们两人
没有就寝。

在这昏暗的林荫幽径，
沁着花草醉人的芬芳。
在这甜蜜的时分，
只是为了我们，
为了我们！
当时我们都还年轻——
你才十六岁，我也不过十七。
你可还记得——
你纤手推开了门，
迎进皎洁的月色？
你的泪水浸透了手帕，
你用它轻捂着嘴唇，
全身颤抖，
低声抽泣，
发卡散落一地……
我满怀柔情和悲愤，

胸欲裂，

心已碎了……

亲爱的，

如果我们能有

这样的自由，

我们定要让时光倒流，

重温此良宵。

时钟

/〔苏联〕穆萨·嘉里尔

我挨着我的爱人而坐，

凝望着她的面庞，

我们密语又歌唱，

我们倾吐着衷肠。

我的爱人真诚地爱我，

对我没有一点怨言。

她的眼睛好像会说话

长长的睫毛时而含羞轻垂。

她有两道弯弯的眉，

发丝起伏好像波浪，

我的美人儿的秋波，

叫我啊欢欣若狂。

她坐在我的面前，
笑得像明媚的春天，
可她总是忙着要走——
只有这一点叫我难受。

她忙着要回家，
总向那时钟张望。
她说："我要回去了。"
又说："家里在等我。"
时钟遵守着自己的本分，
（谁又去理睬它呢！）
单调的声响真叫人讨厌，
好像教堂枯燥的钟声一样。

"不要离开我吧。"我说。
"还早哪。"我说。
她只信任时钟：
"我该走了！你自己看看？"

我忍耐不住了——
一把抓住钟摆，
让它不要多嘴多舌，
别再催我们分开。

"为了我们更幸福，
你应该把时钟遗忘！……
不，我们没有看见——
东方升起了霞光。"

小夜曲

/〔法〕维克多・雨果

黄昏后，当你在我怀中柔声歌唱，
你可曾听见我的心轻轻跳荡。
温柔的歌声像阳光照耀在我的心上，
啊！歌唱，歌唱，我亲爱的，尽情歌唱。

你的微笑好像爱情花朵含苞待放，
你的忧疑都像梦一样消散。
温柔的微笑证实了你那颗忠实的心，
啊！欢笑，欢笑，我亲爱的，永远欢笑。

当你依偎在我怀中静静安睡，
呼吸声好似喃喃细语。
我对你发誓，我的心将永远属于你，
啊！安睡，安睡，我亲爱的，静静安睡。

夏夜

/〔英〕阿尔弗雷德・丁尼生

白色花瓣和绯红花瓣悉数睡去；
宫廷花园里的扁柏并不动摇；
大理石喷泉里的金鱼不再眨眼；
萤火虫醒来了！你和我一同醒来吧。

白孔雀垂着头，像一个幽灵，
她隐隐约约向我走来。
大地向群星敞开了胸怀，
你的全心也向我敞开。
沉默的彗星滑落在夜空，
星尾明亮，像我心中对你的思念荡漾。

百合花藏起它全部的芳香，
滑落到湖水里面；
最亲爱的，你也收敛起自己，
滑落到我的胸膛。

夜里的相会

/〔英〕罗伯特·勃朗宁

雾蒙蒙的大海，黑幽幽的长岸，
半轮明月低垂而硕大；
小波浪从睡梦中惊起跳跃，
如火炽的发鬈；
船头缓缓靠近海岸，
熄灭了速度，我到了小湾里。

沙滩上飘着暖和的海香；
穿过三块农田，农场才出现。
轻扣窗扉，火柴一划，
开出一朵微亮的蓝花，

一个人低语，多么欢喜又害怕，

却不及两颗心怦怦直跳！

一次失约

/〔英〕托马斯·哈代

你没有来，

而时光却匆匆流走，使我发呆。

并非惋惜不能相见的甜蜜，

是因为我由此看出你的天性

缺乏那种最高的怜悯——尽管不乐意，

出于纯粹的仁慈也能成全别人，

当企盼的钟点敲过，你没有来，

我感到悲哀。

你并不爱我，

而只有爱情才能得到你的忠诚；

——我明白，早就明白。但费一两小时

为名义外全然圣洁的人类行为，

何不多行一善？

作为一个女人，你曾抚慰过

一个被时光折磨的男人，即便说

你并不爱我。

相思 第六

北方有一苍苍松，
独立于光秃的山顶，
他在一片白色中沉睡，
全身覆盖着雪和冰。

他梦见一棵棕榈，
独立在遥远的日出之乡，
在燃烧的峭壁之巅，
她在默默地感伤。

——〔德〕海因里希·海涅《北方有一棵苍松》

长相思（其一）

/ 唐 · 李白

长相思，在长安。

络纬秋啼金井阑，

微霜凄凄簟色寒。

孤灯不明思欲绝，

卷帷望月空长叹，

美人如花隔云端。

上有青冥之长天，

下有渌水之波澜。

天长地远魂飞苦，

梦魂不到关山难。

长相思，摧心肝。

秘密深藏于心中

/〔波斯〕阿布 · 阿卜杜勒 · 加法尔 · 伊本 · 穆罕默德 · 鲁达基

我的眼睛——因思念你变得像玛瑙一样红，

我的秘密——使我绽放开花儿似的面容。

眼泪是我和人谈话的言语，

秘密却深深地隐藏于我的心中。

猎人晚歌

/〔德〕约翰·沃尔夫冈·冯·歌德

枪膛上了火药，我狂野而沉静，
无声潜行于荒野间；
到处都见你可爱的面影
清晰地浮现在我眼前。
此时，你一定温柔而寂静，
徜徉在山谷和田间，
唉，我瞬间就消散的面容
竟没有在你眼前一闪？

你就不想想此人——他漫游世界，
满怀愁苦和悲哀，
他东游西荡，漂泊不歇，
只因无缘与你同行。

可是只要我一想起你，
就像是凝望着月亮静思，
不知怎的就出现了奇迹——
我就感到一片宁静和平。

雷雨扫过大地

/〔俄〕伊凡·谢尔盖耶维奇·屠格涅夫

雷雨低低地扫过大地……
我在寂静中走进花园。
菩提树顶缭绕着阵阵轻烟，
雨滴将它染作绯红。

星星又大又亮，多美的夜……
空气干净又新鲜；
树梢落下点点雨滴，
像是树叶在轻声哭泣。

天边亮起闪电的光……
雷声隐隐，听起来那么遥远……
黑暗中池塘像镜子一样闪闪发亮，
那熟悉的屋舍终于出现在我眼前。

它凝然不动地笼罩在神秘的阴影里，
月亮冉冉升起……
瞧，这是门，这是台阶，多么熟悉……
而你……你在哪里？现在在做什么？

莫非是固执，易怒的诸神
平息了他们的怒火？
而你在自己家里也忘却了不安，
恬静地依偎着心爱人的胸膛？

抑或是灵魂里还在燃烧着痛苦？
找不到任何一处憩息的地方？
家早已无人来访，里面空空荡荡，
莫非你还住在里面，心中充满悲伤？

当星星升上夜空

/〔拉脱维亚〕莱尼斯

当星星升上夜空，
光亮照到我那小屋的角落里，
我想着你。

当闪着金光的月亮升起，
复又沉默地落下去——
我想着你。

当窗外的早霞升起，
第一缕霞光投到我的怀里，
我想着你。

但如果我关上窗板，
再也看不见星星、月亮和太阳，
我依旧想着你。

我会写字该有多好

/〔西班牙〕拉蒙·德·坎波亚莫尔

一

“尊敬的先生，求您替我写封信。”
“写给谁？噢，我明白了。”
“您明白了，是否因为那个漆黑的夜晚
您发现我们幽会了？”“是这样。”
“先生，请原谅。”“那不是什么罪恶，
那正是谈情说爱的时刻；
把笔和纸递给我，这就开始：
‘雷蒙，亲爱的朋友！’”

“亲爱的？ 喏，已经写下了。您没恼吧？
你同意？”“同意。”
‘我孑身一人太凄苦孤独’（“下一行这样行吗？”）‘凄苦得你
无法体会。’

‘自从我俩分手，这苦楚就萦绕我心头！’
“你怎么知道我的苦楚？”
“每个少女的心扉，对我这两只浑老的眼睛犹如纯洁无瑕的
水晶。”

‘没有你我的生活是什么样？数不尽的怨愁。
有了你，生活便充满了希望’。“啊，古拉先生，请您把信写清楚，
否则他会读不懂。”

‘当你离开时，我送你的吻是多甜蜜——’
“什么！您知道我吻过他？”“不管情侣们分离还是相聚——
都不会错过这良机。”

‘啊，假如爱不能给你带来更多，
我又何必伤心叹气！’
“什么伤心，什么更多？不，好先生，
说，我宁愿死去。”

“死去？我的孩子，这种字眼是亵渎。”
“但我宁愿死去。”
“我不写‘死去’。”“您的心是冰块。天哪！
我会写字该有多好啊！”

二
“啊，古拉先生，您想平息我的痛苦，
是枉然；
除非让我的整个心把话说开，
只有字符才有这技巧。

看在上帝的分上往下写，我的灵魂
才能从折磨人的痛苦中解脱，
否则一天天下来我会窒息，
只有泪水带来安抚。

告诉他，他热爱的这两片玫瑰色的嘴唇儿，

不久前他曾亲吻过，
如今也已永远闭上，并将立刻忘记
微笑是什么样。

告诉他，他赞美过的这两只眼，
如今已低垂沮丧，
因为他那令人喜爱的脸盘，
已不在这双眼里闪烁发亮。

告诉他，生活给人带来的痛苦中，
消失将是我最后的选择；
告诉他，在我的耳畔，
将永远回响着他的声音。

还要说，因为我的痛苦是为他，
才把悲伤看得轻。
上帝啊，我有多少话要诉说，
我会写字该有多好啊！

结束。
好了，先生，写完了。加上这些来结束：
‘给雷蒙’，
并附上这句话再寄出去：
我需要学一点拉丁语。”

天风来自四面八方

/〔英〕罗伯特·彭斯

天风来自四面八方，
其中我最爱西方。
因为有个美丽的姑娘住在那里，
她是我心之向往！

那儿有野生的树林和河流，
还有绵延不断的山岗，
但是我朝思暮想的，
始终是名叫珍的姑娘。

我看见她在露水的花丛中——
我看到了她的甜美和美丽；
小鸟啾鸣在枝头——
我听见她迷人的歌喉；
只要是天生的好花，
不管长在泉旁林间哪一家，
只要是小鸟会歌唱，
都会让我想到名叫珍的姑娘。

给玛丽

/〔英〕帕西·比希·雪莱

哦，亲爱的玛丽，多希望你也在这里，
你，和你那双明亮开朗的棕色眸子，
你那甜美的声音，似小鸟
在常春藤间
倾吐爱情时的啭鸣，
那天地间最甜最美的声音！
还有你光洁秀丽的额头……
更胜过这蔚蓝色意大利的天穹。

亲爱的玛丽，快来我这里，
我失去了健康，当你远在他乡；
你对于我，亲爱的，
就像黄昏对于西方的星辰，
就像日落对于圆满的月亮。
哦，亲爱的玛丽，多希望你也在这里，
古堡也回荡着我深切的呼唤：“在这里！”

燕子啊燕子

/〔英〕阿尔弗雷德·丁尼生

燕子啊燕子，
啊！燕子，燕子，飞啊，飞向南方，
飞去她那里，落到她金色的屋檐上，
告诉她，把我跟你说的告诉她！

啊，燕子，无所不知的燕子，告诉她：
北方幽暗，但柔和，忠实可靠，
南方明亮，但凶猛，变化无常。

燕子啊燕子，
啊，燕子，燕子，如果我能像你一样飞翔，
飞进她的窗，我将把千百句情话，
对她呢喃，婉转诵唱。

啊，如果我是你，她将把我收容，
让我枕着她的胸膛，
她的心轻跃着摇动那雪白的摇篮，
直至我死亡。

啊，你问她：
当万木青翠，树儿发满新枝，
她却为何，
迟迟不为自己披上爱情的新衣？

啊，告诉她，燕子，你孵的乳燕已在飞翔，
告诉她，在北方，我的窝棚早已建好，
绝不同于我在南方的嬉戏游荡。

啊，告诉她，南方月亮的美是短暂的，
北方夏日的阳光也是这样；
生命是短促的，只有爱情地久天长。

啊，燕子，从晨曦中的树林飞去吧，
飞到她那里，向她求爱，对她歌唱，
让她成为我的爱人，告诉她，告诉她，
我将随你飞到她的身旁！

盟誓 第七

生命诚宝贵，
爱情价更高；
若为自由故，
二者皆可抛！

——〔匈牙利〕裴多菲·山陀尔《自由与爱情》

深誓

/〔爱尔兰〕威廉·巴特勒叶芝

其他人，因你背弃了你的誓言
成为我的朋友；
可每当我与死神擦脸而过，
每当我攀住酣睡的高峰，
每当我喝酒兴致正浓时，
陡然浮现你的脸。

双行体诗

/〔古罗马〕普罗佩提乌斯

这里是荒野一片，不会传播怨言，
空旷的树林里也是微风轻拂，
我可以不负罪地倾诉心头苦涩，
只要孤寂的岩壁能保守秘密。

该从何处开始诉说你给我的屈辱？
卿提卫，你是我悲泣的缘由。
你在月光下的身影是我的相思，
那越走越远的背影是我的悲泣。

如果你我还有幸福的未来，
那我宁愿忍受所有的烦杂苦痛。

如果愤怒可以变成冷酷无情，
那么伤心也能化作前行的力量，

你为何这样待我？你为何要变心？
或者你恨我以为我另有新欢？
快回到我的身边来吧，
请相信我，没有别的女子跨过我的门槛。

我受的屈辱使我有权狠狠地报复你，
但我的愤怒并非如此冷酷无情，
以致对你永远心怀怨怼难消解，
难道也要让你泪水盈盈，双眸憔悴？

或者是因为你觉得我缺少狂热情感，
言谈话语未能让你相信未来？
山神啊，请为我做证，
让所有的山林里回响着我爱你的誓言，

用希望的大地和奋斗的明天证明爱你，
在何去何从间朝着你的方向证明爱你，
当山川刮来一阵清风带着清香，
我仍愿相信那是天神对我的回应，
愿荒凉的山岩回应你的芳名。

我是怎样地爱你

/〔英〕伊丽莎白·巴雷特·勃朗宁

我是怎样地爱你，
让我逐一细数，
我爱你的程度，
深邃，宽广，高远。
恰似我的灵魂，
上达九天下至黄泉，
去探索人生的奥秘，
和神灵的恩典，
无论白昼还是黑夜。

我爱你不息，
像我每日的食物一样是为必。

我纯洁地爱你，
不为奉承吹捧迷惑。

我勇敢地爱你，
如同为正义而奋争。

爱你，以往昔的苦难和童年的真诚
爱你，以眼泪、欢笑和全部的生命
如果没有你，我的心就失去了信仰
如果没有你，我的心就失去了激情

如上天垂怜，

请为我做主和见证。
在我死后，
我必将爱你更深，更深……

我心在极度快乐中年轻

/〔德〕奥斯瓦尔德·冯·沃尔肯施泰因

我心在极度快乐中年轻，
爱人的手轻轻地将它抚慰，
这只手温柔，而又轻盈，
为我消除一切忧虑和苦难，
消除我一切束缚，不再束缚。
我盛赞星月时辰，
因为我听到而且想象中看见，
我的悲叹将毫无疑问，
很快成为过眼烟云，
内心灾殃也随之消散。

你以神圣正直的 G，
立即使我心灵深处欢愉，
随后高贵的 R 和 E，
以红唇舒畅地将我慰藉，
每时每刻不辍不止，
最后的两个 T 深深蕴含，
你对我永久的忠诚，
不论旧貌还是新颜，

你的面庞将永存，
是我最最珍贵的宝藏。

以你女性的美德忘记，
我曾将你的成果和礼节冒犯，
你的所有美德都叫我欢喜，
做你的仆从是我心甘情愿，
永不间断
今生今世直至死亡，
来世还要千万年，
谗言无法分开我俩，
没人能动摇我们的爱，应更加喜悦，
心爱的，上帝会将我们照看！

玛格达列娜歌

/〔德〕汉斯·萨克斯

我爱使我欣喜的夏季，
碧绿的五月光景，
因为我的心上人，
是世间最可爱的姑娘，
她最爱这个季节，
永远没有变更。

五月啊，高贵的五月，

你把那碧绿的森林，
用无数鲜花打扮得
堂皇富丽而喜气盈盈，
让我那风姿绰约的情人
在林中漫步徐行！

在这碧绿的五月里，
上帝，愿你赐给我，
愉快而健康的生活，
你为我选中的爱人，
那温柔而美丽的女子
赐给我她的爱情！

因此，碧绿的五月，
我只是思念她，
那位使我的心儿欢喜，
使我发出无数叹息的女子，
只要我仍旧活在人世，
我的心绝不会把她背弃！

啊，我最高贵的宝贝，
请你保持名誉和忠实，
别听信闲言与我背离，
不要在你的心里，
给他们的谎言留下位置。

爱人啊，愿上帝保佑！
你能看透我的心，

它正笼罩在爱情的烦恼，
为了你受着重伤！
只要你给它一句话的安慰，
就能把它治愈。

只要我成为你的爱人，
我将永远的欢欣满足，
我将忠实地伺候着你，
别怕我有什么三心二意！

从上帝和你那里，
我只要求荣誉和幸福的赏赐。

不论白银，黄金，
都不是我所要，
我只恋慕着你，心上人，
只要我依旧活在人世，
我要发誓向你保证，
我的全部爱情、名誉和忠实。

啊，请你不要离弃我，
在爱情的开端！
我得靠着希望度日，
在我的毕生之间！
我要用诗歌祝福你
千千万万个好梦！

塔劳的安馨

/〔德〕西蒙·达赫

塔劳的安馨，我对她一见钟情，
胜过我的生命，我的财富，我的黄金。
塔劳的安馨，不管痛苦和欢欣，
总对我献出她那一颗芳心。
塔劳的安馨，我的资产，我的财富，
你，我的灵魂，我的血，我的肉！

不管我们遭遇到怎样怕人的雷雨，
我们总拿定主意要互相帮助。
疾病、迫害、忧愁和痛苦，
只会使我们的爱情更加巩固。
塔劳的安馨，我的光，我的太阳，
我的生命要和你的融洽在一起至死不忘！

就像一棵棕榈树依旧玉立亭亭，
不管暴雨狂风曾一度将它侵凌，
在重重的烦恼和厄运煎逼之下，
我们的爱情也将变得坚强而伟大！
塔劳的安馨，我的资产，我的财富，
你，我的灵魂，我的血，我的肉！

即使有一天你要离我他往，
去到那难得看见太阳的地方，
我也要跟着你，穿过大海和森林，
穿过冰霜、牢狱和敌人的大军！

塔劳的安馨，我的光，我的太阳，
我的生命要和你的融洽在一起至死不忘！

给爱人

/〔苏联〕穆萨·嘉里尔

或许几年收不到我一封家书，
也听不到我的半点音讯。
我的足迹被尘土掩埋，
我的道路上将野草丛生。

或许我会穿着黑色的衣裳，
突然悲哀地闯进你的梦境。
时光有如层层无情的恶浪，
将会冲淡我吻别你的瞬间。

期待好似一副千斤重担，
它苦苦地折磨你，要你相信——
“他已不在人世”，
仿佛这是无法逃脱的厄运。

你的爱情会渐渐消逝——
这对我或许是莫大的灾难。
或许有一天，
我会完全从你的记忆消失。

就在这短暂的一刹那，
当我被迫离开你的瞬间，
死神也许会获得胜利——
阻断我的归程。

当你等待我的时候，我是那样坚强——
在战斗中，死神没能夺走我的生命：
你的爱情是一道神奇的护符，
在征战中保卫了我的头颅。

我倒下了——但在战场上，
我没有玷污必胜的誓言。
倘若我不是光荣凯旋——
你绝不会向我道谢。

战士的道路曲折而又漫长，
亲爱的：等着我吧，爱我吧，
我会回来的——你的爱情正是
救我于水深火热的保证。

请你记住

/〔法〕阿尔弗雷德·德·缪塞

请你记住，当不安的黎明
迎着阳光打开了它迷人的宫殿；
请你记住，当沉默的黑夜

在它朦胧的纱幕下悄然流逝；
当欢乐召唤着你的心跳，
当阴影将你浸入黄昏的梦幻，
听，在森林深处
传来一个声音：
请你记住。

请你记住，当各种命运
逼得我与你终生永别，
当痛苦、流亡和无穷的岁月
摧毁这颗绝望的心；
请你想到我悲哀的爱情，想到坚固的誓言！
只要相爱，分离与时间都不值一提。
只要我的心还跳动，
它永远对你说：
请你记住。

请你记住，当我碎了的心
永远沉睡在冰冷的地下；
请你记住，当那孤寂的花
在我的坟墓上缓缓开放。
我再也不能看见你；但我不朽的灵魂，
却像一个忠诚的姐妹来到你身边。
你听，在深夜里，
有一个声音在呼唤：
请你记住。

坎佐尼情诗

/〔西班牙〕乌尔塔多·德·门多萨

你爱我吗？

我不确定，

但我对你忠诚，

我可以发誓！

如此美妙的女郎，

我怎敢不珍视？

如此珍贵的女郎，

我怎能不爱惜？

自从我见到你，

你就抓住了我的心，我可以发誓！

我只忠心你一人，

你早已知晓，

但却对我无情意，

这是何等的悲切。

如今被你俘虏，

我只好服从你，

我已抛却理智，

我可以发誓。

献给你我的全身心，

到永远，不变不易。

按情理，

我将永远服侍你，
权力皆归你。
不要把它当作虚情假意，
我可以发誓！

我的爱人像朵红红的玫瑰

/〔英〕罗伯特·彭斯

啊，我的爱人像朵红红的玫瑰，
它在六月里迎风而立；
啊，我的爱人像支甜甜的曲子，
奏得合拍又和谐。

你是那么漂亮，我的好姑娘，
我的情是那么深切。
我将永远爱你，亲爱的，
直到大海干枯水流尽。

直到大海干枯水流尽，
太阳烧岩石做尘土，
我也永远爱你，亲爱的，
只要生命不绝。

再见了，我唯一的爱人，
珍重吧，让我们暂时别离，
我会回来的，亲爱的，
即使我们相隔万里！

欢喜 第八

蓓蕾在清早送出她的芬芳，
微风下草波轻漾，
在那生长着雏菊的野地里，
我看见我的爱人在缓步漫游。

当我们快乐地漫游的时候，
我们不说话也没有笑声；
在清早蓓蕾的芬芳中——
我亲吻了她的脸颊。

一只云雀唱着歌飞离大地，
一只云雀俯下云端，
我和她挽着手缓步漫游，
在这生长着雏菊的野地里。

——〔爱尔兰〕詹姆斯·斯蒂芬斯《雏菊》

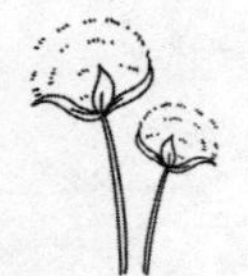

我听见了你，庄严美妙的管风琴

/〔美〕沃尔特·惠特曼

我听见了你，庄严美妙的管风琴，上礼拜天经过教堂时，
我听见了你，秋天的风，那悠长的叹息多么悲伤，傍晚在树林散步时，
我听见完美的意大利男高音在演唱歌剧，我听见四重唱里的女高音，
亲爱的！我也听见了你喃喃的低语，你的一只手腕拥着我的头，
我听见你的脉搏在我耳边滴答作响，当昨夜万籁俱寂。

蝴蝶

/〔捷克斯洛伐克〕彼得·贝兹鲁奇

清风掠过松树和柏树的枝叶，
鸟儿般欢喜跳跃；
梦的小船划过记忆的河，
蝴蝶在我的手上停留。
你是爱情，还是幸福，妩媚的蝴蝶？
飞开吧，去把少男少女点缀，
点缀乌黑的头发，白嫩的手……
我该如何，和你相守？

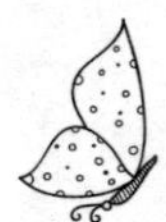

美人罗特劳特

/〔德〕埃杜阿尔德·缪利凯

林冈王的女儿是何芳名？
罗特劳特，美人罗特劳特。
她终日里都做些什么？
她既不爱纺纱，也不爱缝衣，
她只知打鱼行猎。

啊，我愿做她的侍从猎人！
渔猎是我欢欣向往——
默默地平息吧，我的心！

不久后，
罗特劳特，美人罗特劳特，
这位少年已做了林冈宫廷内侍，
他骑着骏马，身披猎衣，
陪伴罗特劳特行猎。
啊，多希望我是一位王子！
我爱美人罗特劳特难以舍弃——
默默地平息吧，我的心！

有一次他们在槲树旁边休息，
美人罗特劳特笑道：
“为什么这样开心地瞧着我？
你如果有勇气，请来吻我！”
唉，少年真是受宠若惊！
可是他想：这是我的幸运，

他于是吻上了美人罗特劳特的芳唇——
默默地平息吧，我的心！

他们于是默默地缓辔而归，
罗特劳特，美人罗特劳特；
少年的心中激动万分：
哪怕你今天做了国王的夫人，
我也没有丝毫怨言！
林中的千万片树叶，侧耳倾听！
我吻过了美人罗特劳特的芳唇——
默默地平息吧，我的心！

幽暗的密林里夜莺停止了歌唱

/〔俄〕伊凡·萨维奇·尼基丁

幽暗的树林里夜莺停止了歌唱，
碧蓝的夜空划过一道道星光；
月亮透过树叶的密网，
把露水洒在草地上。

玫瑰在微睡。四野一片清凉。
有谁吹了声口哨，声音立刻消散。
耳朵隐约听见
落叶坠地的声响。

月光下，你的面容，
是多么温柔恬静！
这充满了幸福幻想的夜晚啊，
我真想把它无限期地延长！

当我们沉醉在甜蜜的初吻

/〔俄〕伊凡·库拉托夫

当我们沉醉在甜蜜的初吻，
谁也没有察觉我们的激动……
只有星光闪烁，
和夜空下美丽的花丛。

一颗流星那时从苍穹坠落，
带着我们的隐秘投向大海；
碧波荡漾，仿佛向渔夫
悄语我们的情谊。

快乐的渔夫唱支纯朴的歌儿，
把这秘密转告自己的爱人……
顷刻间所有的村镇和小路
到处奏起我们初吻的小曲！

第一封信

/〔拉脱维亚〕莱尼斯

我拿着你的第一封信——
幸福的暖流掠遍全身；
甜蜜的话语和诺言——
此刻我仿佛听到过千百遍——

要知道，心儿的芳香是这样的甘甜。
一切都这般新鲜、意外，如奇迹乍现！
我惊喜地痴迷地看着，
仿佛你轻轻打开了陌生世界的窗扉。

割草人的小憩

/〔拉脱维亚〕莱尼斯

我的金色光线，
你落到了我的心窝，
你照耀着我
温暖着我。

你抚过我的脸庞，
像一片温暖柔软的树叶，
丝一般毛茸茸的
又光滑又柔和。

就让我永远地躺在这里吧……

我感到有两个太阳照耀着我，

一个——在太空的碧蓝里，

另一个——是你的心。

你是否还记得那个夏夜

/〔俄〕谢尔盖·安德烈耶夫

你是否还记得那个夏夜？田野间飘来雨意，

大地静悄悄的，没有一点声息……

这一夜多么美好，亲爱的，

我们静坐在一起倾听夜的气息！

花儿低下了头……摇动的树木也静止了，

闪电在暗蓝色的天边战栗，

有多少年轻时的幻梦汇集在心中，

我们也像花儿一样保持沉寂……

树枝投下黑色的阴影，

天边泛着金光的，是即将熄灭的晚霞，

这晚霞带走了一段美妙的光景，

可是我们还是对它说："快一点隐藏！"

晚霞熄灭了。于是黑夜就像爱神，

赐予我们无忧无虑的翅膀——

偶然的不知何处响起妒忌的雷声，

大雷雨在一边奏起交响……

春与秋

/〔法〕皮埃尔·让·德·贝朗瑞

对热爱生活的人来说，
有两个季节可作为调候：
阳春让我们拥有玫瑰，
金秋酿给我们舒缓身心的酒浆。
白昼长时，心就苏醒；
白昼短时，酿制美酒。
一到春天，再见，酒樽！
一到秋天，再见，爱情！

这两种爱好都叫人迷惑，
毫无疑问，该将它们融合调和。
从健康角度看，
我既怕贪杯过度，又怕热爱过火。
智慧给我忠告，
教我这样支配我的生活：
一到春天，再见，酒樽！
一到秋天，再见，爱情！

五月里一见洛莱德，
我的心就随她而去。
这个娇媚的姑娘那样任性，
六个月内不知叫我痛苦过多少回！
我叫十月来帮助我，
让她也受受这种罪。
一到春天，再见，酒樽！

一到秋天，再见，爱情！

我和叶黛儿分了又合，合了又分，
既无拘束，也不留恋。
有一天她对我说："再见。"
过了好多天，她又回到这里；
那时我正站在葡萄架下，
我说："岁月啊，仿若流水。"
一到春天，再见，酒樽！
一到秋天，再见，爱情！

但是有一个特别的女人，
任意颠倒我的快乐。
她能激起酒一样的沉醉，
甚至还能驾驭我的情欲，
搅乱我的生活次序，
对她来说并不稀奇。
到春天，她拿起酒樽，
到秋天，她肆意爱恋。

来！一支看不见的笛子

/〔法〕维克多·雨果

来！——一支看不见的笛子
在果园里悠悠地响——
最和平的歌儿

是牧童的歌儿。

橡树下，平如明镜的池水，
掀起碧色的微波。——
最快乐的歌儿
是小鸟的歌儿。

但愿你心无所扰。
相爱吧！永远相爱！——
最迷人的歌儿
是爱情的歌儿。

树脂流着

/〔法〕弗朗西斯·雅姆亚默

其一

樱树的树脂流着如金泪一般。
爱人啊，今天像身处热带中一样热：
你且憩在花荫里罢，
蔷薇树的密叶中蝉儿高鸣。

昨天在人们谈话的客厅里你很拘束……
但今天这里只有我们——
亲爱的！
穿着你的布衣静静地睡吧，让我的吻印在你的额头。

其二

蜜蜂在花丛嗡嗡飞舞……
多情的人儿，你睡着吧！
这又是什么响声？……翡翠一般绿的
榛树下的溪水的声音……

睡着吧……我已分不清这是你的笑声
还是那光滑的卵石上的水流声……

你的梦是温柔的——温柔得使你微微地
微微地动着嘴唇——好像一个甜吻……

告诉我，你梦见许多洁白的山羊
到岩石上芬芳的百里香间去休憩吗？

告诉我，你梦见树林中的青苔间，
一道清泉突然伴着幽香飞涌出来吗？

——或者你梦见一只桃色、青色的鸟儿，
冲破了蜘蛛的网，
惊走了兔子吗？

你梦见月亮是一朵绣球花吗？……
——或者你还梦见井栏上
白桦林开满金色和雪色的花吗？

——或者你梦见你的嘴唇映在水桶底里，

使我以为是一朵从蔷薇树上
被风吹落到银波闪闪的水面的花吗？

海螺——给纳达丽姐·希美奈思

/〔西班牙〕费德里克·加西亚洛尔迦

有人送我一个海螺。

它里面藏着，
一汪大海。
我的心儿
涨满了水波，
暗如影，亮如银，
小鱼儿游来游去。

有人送我一个海螺。

微风

/〔西班牙〕古斯塔沃·阿道弗·贝克尔

微风在轻声呼唤
吻它拨起的层层漪涟；

西天的云霞紫光灿烂

在落日的吻下羞红了脸；
火焰毕剥地窜过树干
为了痛吻另一朵火焰。

而杨柳，柔枝低低弯垂
去回吻那多情的河水。

你爱的是春天……

/〔匈牙利〕裴多菲·山托尔

你爱的是春天，
我爱的是秋天。
秋天和我相似，
是春天恰如你。

你的红润的脸：
是春天的玫瑰，
我的疲倦的眼光：
是秋天太阳的光辉。

假如我向前一步，
再跨一步向前，
那时，我站到了
冬日的寒冷的门边。

可是，我假如后退一步，

你又跳一步向前，
那，我们就一同进入
美丽的、热烈的夏天。

美好的年，美好的月，美好的时辰

/〔意大利〕弗兰齐斯克·彼特拉克

美好的年，美好的月，美好的时辰，
美好的季节，美好的瞬间，美好的时光，
在这景色宜人的山谷，美丽的地方，
和她对视的刹那，我已被她俘虏。

爱神的金箭不偏不倚，
深深扎进了我的心里，
我初次尝到爱情的滋味，
落进了痛苦却又甜蜜的情网。

我的心孜孜跳动，
一声又一声地呼唤着她的芳名，
伴随着叹息，眼泪，和渴望；

我用最诚挚的感情把她颂扬，
只是为了她，不为任何别的人，
我写下这页美好的诗章。

歌

/〔英〕威廉·布莱克

我爱轻轻吟唱的歌曲，
和快乐的舞蹈，
明亮的目光流转，
少女窃窃私语。

我爱欢笑的山谷，
我爱山中回荡的余音，
那儿欢乐永不中断，
小伙子尽情地笑闹。

我爱幽静的茅屋，
我爱无忧的亭荫，
我们的园地褐白交错，
鲜艳和分明。

我爱那高大的老橡树，
树荫下橡木做的椅子，
所有的老农聚起来
哈哈笑着，看我们玩耍。

我爱我所有的邻人——
可是啊，凯蒂，我更爱你：
我将要永远爱他们，
但你是所有。

无题

/〔英〕威廉·华兹华斯

我的爱人见过世间所有的美好，
她熟悉星辰，熟悉周遭的花木；
可是她从未见过萤火虫，
一只也没有见过——我知道。

偶然有一晚，刮着狂风，
我骑着马去她家，无意中瞥见：
孤零零一只萤火虫！我一见它那模样，
忙跳下马来，欣喜若狂！

我把它捉住，放在一片树叶上，
随身带好，穿过夜晚的狂风；
它毫不畏缩，还照样闪闪发亮，
只是光焰略有些暗淡朦胧。

马不停蹄，来到我爱人住处，
我不声不响，走进她家的果园；
捧出萤火虫，念叨着，为它祝福，
小心地把它安顿在果树下边。

第二天，我坐立不安，企盼又担心；
晚上，萤火虫终于在树下点起微光；
我领她到园中，“你瞧，这里！”
啊！她多么开心！我多么幸福！

乐章

/〔英〕乔治·戈登·拜伦

没有一个姑娘
如你般美好；
你甜蜜的声音飘入我耳
犹如音乐缭绕在水上；
仿佛那声音扣住了
沉醉的海洋，将它暂停，
波浪在静止和眨眼，
和煦的风微醺。

月光在午夜编织
海浪边缘明亮的项链；
海的胸膛轻轻起伏，
恰似一个婴儿安眠；
我的心灵亦是如此，
倾身向往，侧耳聆听；
就像夏季海洋的浪潮
充满了温柔的感情。

绿

/〔英〕戴维·赫伯特·劳伦斯

天空是翠绿的苹果，
天空是阳光下举起的绿酒，
月亮是其中一片金色的花瓣。

她睁开双眸，闪烁碧绿，
眼波闪耀，正如初放的花朵，
此刻，第一次引人注目。

世俗 第九

“世间有一女人。
我爱她胜过爱一切人，
她能迷住全世界的男子汉，
不过美人儿已经嫁人。”

“她爱她丈夫吗？”
“像对冤家似的。”我确信地讲。
“好啊，既然这样，老头儿，
那就不会落空了——你的希望！

“让她赶快离婚吧，
趁着她的生命还没有凋残；
你若是单身汉，就娶她为妻，
永远不要和爱人离别。”

“唉，老弟，我若是你，
也会把这样的话儿说……
你可知道我的不幸——
这个妖妇正是我的老婆！”

——〔苏联〕穆萨·嘉里尔《不幸》

我心爱的少女

/〔奥地利〕瓦尔特·冯·德尔·弗格尔瓦伊德

我心爱的少女，
愿上帝保你永世幸福！
若是还能为你祷告什么，
我绝不会有半点犹豫。
我已无话再讲，
除了说没有人比我更爱你。
这真使我的心儿忧伤。

他们责难我，怨怼我，
为何要为寒微的少女歌唱。
要是他们能够想一想，
什么是爱情——就会默然不响，
爱情永不会为他们增添利益：
他们爱的，是财产和美貌。唉，这算什么爱情！

憎恨常伴美貌而行，
不要太过草率地追求着美貌，
外表虽然能抓住你的双眼，
可是温柔却比美貌更加重要。
温柔才能使妇人变得美丽，
人们还无从知晓。
我已忍受又忍受，
我还要忍受世人的非议，
你不仅美丽而且富足。
任他们说去吧，可是：

我的心中只爱你一位，
我把你的玻璃戒指看得比贵妇人的金器还要珍贵。

你要是忠实而不变心，
那我就用不着担忧；
如若你轻浮放荡，
将来会使我的心里生愁。
如果你有所违背，
那我就永远不会占有你；
啊，那样我会多么心碎！

生活吧，我的蕾斯比亚

/〔古罗马〕卡图卢斯

生活吧，我的蕾斯比亚，爱吧，
古板的指责于我们一文不值，
闲言碎语令我们一笑置之。

太阳东升西落，
而我们短促的光明一旦熄灭，
就将沉入永恒的漫漫长夜！

给我一千个吻吧，再给一百，
然后再添上一千，再添一百，
然后再接着一千，再接一百。

让我们把它凑个千千万万，
就连我们自己也算不清楚，
免得胸怀狭窄的小人，
知道了吻的数目而心生嫉妒。

威尼斯船歌

/〔爱尔兰〕托马斯·穆尔

当那彼亚采塔被晚风拂过的时候，
啊，妮娜，你可知道，我在此等候？
就算轻纱笼着你的面容，我也能分辨；
你知道我的心中爱火熊熊燃烧，
我的心中爱火熊熊燃烧。

我假装成船夫在此等候，
我战栗地告诉你：“小船已准备，已准备好了。”
来吧！
趁明月还在乌云中隐身，快来吧，快来吧！
让我们趁此月夜就高飞远走，
让我们趁此月夜高飞远走！

当晚风吹过那彼亚采塔的时候，
啊，妮娜
你可知道，我在此等候？

茅屋

/〔丹麦〕汉斯·克里斯汀·安徒生

在浪花拍打的海岸边，有间孤寂的小茅屋，周围空旷又辽阔，没有一棵树木。

只有那天空和大海，只有那峭壁和悬崖，但里面有着最大的幸福，因为有爱人同在。

茅屋里没有金和银，却有一对相爱的人，他们时刻，深情地相互凝视。

这茅屋又小又破烂，伫立在岸上多孤单，但里面有着最大的幸福，因为有对爱人彼此相伴。

狂热 第十

在春天，那一棵棵榅桲树
被河水滋养，
才在圣洁的园林中生发，
葡萄的新枝才在遮阴的老枝下抽芽。

而我的爱，无时无季不活跃，
就像夹带着雷电的塞雷斯北风，
从塞浦路斯岛刮过来，深沉，凶猛，狂烈，
呼啸出我的心底。

——〔古希腊〕西摩尼得斯《诗人的爱情》

歌

/〔古罗马〕卡图卢斯

他幸福如神明，不，但愿这话
不渎神，我认为他比神明更有福分，
他坐在你对面凝神睇视，
倾听你笑语绵绵。

亲爱的勒斯比亚，
你那甜蜜的笑容会使我失去一切感知，
我只要一看见你，立即张口结舌，
发不出一丝声音。

一股纤细的暖流传遍周身，
耳内嗡嗡嗡不断响鸣，
两只眼睛也像被蒙住，
如暗夜朦胧不清。

卡图卢斯啊，闲逸使你烦闷，
闲逸使你欢愉放纵无忧无虑。
你可知，闲逸曾使繁盛之邦
遭受灭顶之灾！

爱情和渴望之歌

/〔美〕亨利·沃兹沃斯·朗费罗

醒来，醒来，我的爱人！
你这森林里的野花！
你这草原上的小鸟！
你一双眼睛像小鹿一般媚娇！

只消你望我一眼，
我就快乐无边，
好像草原上的百合花，
沐着甘露玉泉！

你的呼吸是那么芬芳，
好像野花在早晨发出的芳香，
好像那落叶之月的黄昏，野花发出的清芬。

你可曾听见我全身的血液在跳荡，
迎着你跳荡，迎着你跳荡，
仿佛在那夜色最清朗的月份里，
清泉跳荡着去迎接阳光？

醒来吧，我的心在为你歌唱，
愉快地歌唱你和我在一起的那些日子，好像在草莓生长的那个
愉快的月份里，那轻轻地叹息着、歌唱着的树枝！

我的爱人，每当你感到惆怅，
我也黯然神伤；

好像乌云把阴影投射在河上，
明朗的河上就此黑暗无光！

我的爱人，只要你脸上露出笑容，
我忧烦的心自会愉快轻松，好像河水给凉风吹起涟漪，在阳光下闪烁晶莹。

微笑着，大地，微笑着，海洋，
微笑着，万里无云的穹苍，
可是没有了你在我身旁，我便失去了微笑的力量！

瞧我一眼吧，我的骨肉，我的身体！
瞧我一眼吧，醒来吧，我心房里的血液！
啊，醒来吧，醒来吧，我的爱人！
醒来吧，醒来吧，我的爱人！

我的心灵和我的一切

/〔葡萄牙〕路易·德·卡蒙斯

我的心灵和我的一切
我都甘愿献给你，
只要能留下一双眼睛，让我能看到你。
我身上无一处不被你征服。
你俘虏了它，
也就支配了它的一切，如果我还需失掉什么，但愿你将我带去，
只要能留下一双眼睛，让我能看到你。

每当埃莲娜的目光离开草原

/〔葡萄牙〕路易·德·卡蒙斯

每当埃莲娜的目光
离开草原，
麻烦便会发生。

绿色的牧场，
成群的牛羊，
这迷人的景象都归功于
埃莲娜的目光。
和风吹拂，
百花竞放，
全凭她那一对目光。

它使山花烂漫，
它使清泉流畅；
它既然能使山河添彩，
又会使人生怎样？
它使生命屏息，
就像一束束鲜花，
在她的目光下枯萎。

无数的心灵，
成了她娇媚的俘虏；
她的每一个眼神，
都撩乱着人们的心房。
爱神也为她倾倒，

臣服在她的脚下，
无限爱慕她的目光。

不要问我……

/〔伊朗〕沙姆斯·丁·穆罕默德·哈菲兹

不要问我，我所忍受的痛苦煎熬；
也不要问，我所尝过的别离酸楚。
我流浪在世间，找到了我的爱人，
是我一生之幸，不要问我她的姓名。
不要问我，我怎么流着我的眼泪，
我的眼泪又怎么沾湿了她的脚印。
不要问我，我们说过怎样的话，
那个夜晚，她亲口说，我亲耳听。
你为什么亲吻我？你是什么意思？
我品尝过甜蜜？不要问我什么人。
你离开了，我的草舍的唯一的房客，
不要问我，我到底经历了多少艰辛。
我，哈菲兹，达到了爱情的这一地步，
唉，达到了怎样的地步，你不要问。

新的爱，新的生活

/〔德〕约翰 · 沃尔夫冈 · 冯 · 歌德

心，我的心，究竟是为何？
什么事搅乱了你的平静？
突如其来的新生活！
我再也不能将你认清。
失去你钟爱的一切，
失去你感到的悲戚，
失去你的勤奋和安宁——唉，
怎会弄到这种境地！

是不是这青春的歌儿，
这丽人的可爱的倩影，
这种至诚至善的眼神
以无穷魅力勾住了你？
我想尽快地远离她，
鼓起了勇气躲避着她，
我的脚步，在片刻之间，
又将我送回她身边。

这铺天盖地的情网，
无法挣脱，不能割破，
这位率真可爱的姑娘，
就这样抓住了我；
我只得乖乖听她的话，
在她的魔术圈中度日。

啊，这翻天覆地的变化！
爱啊！爱啊！你放了我吧！

纺车旁的格蕾辛

/〔德〕约翰·沃尔夫冈·冯·歌德

安宁离我远去，
内心愁绪万千；
我再也无法找回，
那份内心的宁静。

没有他在身旁，
到处死气沉沉，
整个世界使我伤怀。

我可怜的头疯疯癫癫，
我可怜的心破碎不堪。

安宁离我远去，
内心愁绪万千；
我再也无法找回，
那份内心的宁静。

我眺望窗外，
只为看他，
我走出家中，

只为找他。

他高贵的身姿，
优雅的气度，
唇边的微笑，
眼中的力量。

像悬河似的
他的口才，
他温暖的手掌，
他亲吻的能量！

安宁离我远去，
内心愁绪万千；
我再也无法找回，
那份内心的宁静。

我跳动的心
思慕着他，
我多么想
紧抱住他，

无所顾忌，
尽情亲吻，
在他的吻里，
死也无妨！

任凭你在千种形式里隐身

/〔德〕约翰·沃尔夫冈·冯·歌德

任凭你在千种形式里隐身，
可是，最亲爱的，我依然能认出你；
任凭你戴上神秘的面具，
你到我眼前，我立即认出你。

如松柏最青春的耸立，
最身材窈窕的，我立即认出你；
看湖泊河渠波纹涟漪，
最妩媚的，我依然认出你。

若是喷泉高高地喷射四散，
最善于嬉戏的，我一眼便认出你；
若是云彩的形体千变万幻，
最风姿万千的，我还是认出你。

看花纱蒙盖的草原地毯，
最明媚灿烂的，我美好地认出你；
千条枝蔓的缠藤向周围伸展，
啊，拥抱一切的，这里我认出你。

当山上晨曦初照，
愉悦一切的，我立即欢迎你；
若是晴朗的天空把大地笼罩，
最开阔心胸的，我就呼吸你。

我外在和内在的感性所觅到的，
都是因为你；
若是我呼唤真主的一百个圣名，
每个圣名都为了你发出响应。

阿拉兹

/〔亚美尼亚〕约昂尼斯·约昂尼西安

阿拉兹奔涌不息，激流飞溅，
雪白的浪花冲刷着悬崖峭壁。
唉，哪儿消解我内心的悲愁——
用我的头撞击坚硬的岩石？

你掀起巨浪飞奔向前，
我的阿拉兹，
你可曾有一回见到我心中的恋人？
我找不到她，不论在哪里，
或许，你已找到了，
我的阿拉兹？

唉，风在低声呻吟，
仿佛痛苦的生灵，
我并非独自一人怀着激情徘徊。
即使给我捎来一星点儿音讯，
我亲爱的大江啊，
可别缄口不言！

我夜不能寐，
给心上人写封信，满纸呓语，
我的阿拉兹啊，当朝霞初现，
我就怀着莫名的忧烦来到你身边！
第一缕晨曦抹上光裸的岩石，
我投入光焰顷刻融化，
我的眉毛我的眼睛燃起烈焰，
从此我化为灰烬，离开人间！

阿拉兹奔涌不息，激流飞溅，
雪白的浪花冲刷着悬崖峭壁。
唉，哪儿消解我内心的悲愁——
用我的头撞击坚硬的岩石？

片段

/〔苏联〕弗拉基米尔·弗拉基米罗维奇·马雅可夫斯基

爱我？不爱我？我折断我的手指
把它们
四处乱扔

五月里
人们就是这样占卜
把路旁的野菊花撕得片片飘零

哪怕须发尽白

哪怕岁月之钟
敲出沉重的声响
我希望我深信我永远不会
从无聊的理智中醒来

啊，风铃草

/〔俄〕谢尔盖·亚历山德罗维奇·叶赛宁

啊，风铃草！是你的热情
用歌声唤醒我的灵魂，
还告诉我，天蓝的矢车菊
已离我远去。

别唱了，别唱了！饶恕我吧，
我胸中早已心热如焚。
她来了，正像割不断的爱情和相思
踏着相逢的韵律。

让我们永远相爱

/〔法〕维克多·雨果

让我们永远相爱！让我们爱得更加深沉！
一旦失去爱情，希望就不知所踪。
爱情，这是曙光的呼吁，

爱情，这是良宵的颂歌。

那海浪对沙滩的絮语，
那微风对古老山峦的情思，
那晨星对朝云的衷曲，
都是难以形容的这句话：
“让我们相爱！”

爱情给我们以梦幻、喜乐与信仰。
为了将心灵鼓舞，
爱情有胜过荣耀的光辉，
这光辉就是幸福！

爱吧！无论受到责备或赞扬，
伟大的心灵将永远钟情，
请让这灵魂深处的光明
和你脸上的朝气交相辉映！

爱吧，让你的年华入迷！
让我从你秀美的双目中，
看到你欢乐的内心里，
那神秘的笑容！

让我们如胶似漆的深情与时俱增！
让我们无限恩爱的烈火越烧越旺！
欣欣向荣的树木枝叶茂盛；
让我们的灵魂获得爱情的滋养！

让我们化作明镜与映象！
让我们化作鲜花与清芳！
在绿荫下久久徜徉，
一对情侣只是一对灵魂！

诗人寻找着美人。
美人，这表示纯洁的爱情的天使，
总喜欢在她的翅膀下唤醒那热血沸腾
而又浮想联翩的伟大天才的灵思。

来吧，令人倾倒的容颜！
来吧，我的幸福，我的权利！
啊，天使！当你歌唱时，请投向我的怀抱！
当你哭泣时，请扑到我的怀里！

只有我们才理解你们的沉醉，
因为我们的精神没有丝毫的轻狂，
因为诗人就是酒杯，
任美人倾注心头的琼浆。

在这茫茫世界，
我只追求一个现实，
我听任那空虚的一切
像流水般地消逝。

比起扬扬得意的士兵与国王
引为骄傲的财富，
我宁愿让你俯向我的面庞，

投下阴影遮住我的书。

我们的心灵深处
燃起的任何奢望，那微妙的火焰，
全部化为灰烬，化为烟雾，
我们于是自问：“究竟能留下什么纪念？”

我们的任何欢乐，那暗淡无光的春天，
初放的花朵转眼竟归于夭亡，
竟如百合、香桃木或玫瑰纷纷凋残，
我于是自叹：“谁料到这样的下场！”

只有爱情永葆青春。啊！高贵的美人，
假如你面对这微贱的处境，
要捍卫你的真诚，捍卫你的心灵，
捍卫你的上帝，那就请坚守你的爱情！
纵使你泪流满面，受尽磨难，
在你毫无畏惧的心中，
请保持永不凋谢的花朵，
请保持永不熄灭的火种！

恋人

/〔法〕保尔·艾吕雅

她站在我的眼睑上
而她的发与我的发缠绕相依

她有我手掌的形状
她有我眸子的颜色
她被吞进我的阴影
仿佛一枚宝石高悬天空。

她总是睁着眼睛
让我不舍睡去。
在大白天她的梦
使阳光失色，
让我笑，笑和哭
欲说还休。

融合

/〔西班牙〕阿莱桑德雷

幸福的身躯，在我怀中漂荡，
在可爱的脸庞，我将世界观赏，
鸟儿的倩影在那里转瞬即逝，
飞向不存在忘怀的地方。
你的外形，钻石或坚硬的红宝石，
我怀中闪烁的阳光，
召唤我的火山口，
用它发自肺腑的音乐，
和牙齿绝妙的声响。
我情愿死去，因为我要扑向你，
因为我情愿在火中生活，

我情愿死亡，
因为外面的天空不属于我，

它是火热的气息，我若靠近
它会从里面将我的嘴唇烧焦。
让我注视你的脸庞，
它染着爱的颜色，
纯洁的生命使它焕发着红光；
让我欣赏你内心深情的呼唤，
我要在那里死去，
永不活在世上。

爱情或死亡，
我只要其中的一样，
我愿彻底死去，我愿化作你，
你的血液，怒吼的岩浆，
它充分滋润体内美丽的内脏，
尽情享受生命的芬芳。
在你双唇上的亲吻像一根缓缓的芒刺，
像化作明镜飞走的海洋，
像翅膀的闪光，
然而它是一双手，
是对你蓬松秀发的抚摩，
是复仇的火光噼啪作响，
但无论火光
还是致命的利剑悬在颈项上，
都不能使这融合消亡。

秋风在丛树间飒飒地响着……

/〔匈牙利〕裴多菲·山陀尔

秋风在丛树间沙沙作响，
它轻轻地对着树叶低语；
说了什么，却听不见。

树都摇着头，有些忧郁。
从早晨到晚上的每一点钟，
我安闲地躺在长榻上……
我的妻子正静静地安睡，
她可爱的头正枕着我的胸膛。

我这一只幸福的手
感到了她的胸口微微的起伏，
又一只手捧着祈祷书：
一本自由斗争的历史！
热烈的语句燃烧在我的心头，
像燃烧着的巨大彗星……
我的妻子正静静地安睡，
她可爱的头正枕着我的胸膛。

在暴君的淫威之下的人们，
金钱和皮鞭能驱使他们打仗；
自由呢？只要她的一个微笑，
她的一切追随者就走上战场，
好像接受爱人授予的花环，
他们为她接受死亡和创伤……

我的妻子正静静地安睡，
她可爱的头正枕着我的胸膛。

神圣的自由啊！多少英雄为你
抛头颅洒热血，这有什么意义？
即使现在还没有，将来一定有，
最后的斗争中的胜利必属于你，
你要将这些为你战死的人铭记，
你的复仇是又可怖，又辉煌！……
我的妻子正静静地安睡，
她可爱的头正枕着我的胸膛。

幻想中的未来时代出现在我面前，
流血和厮杀的景象，
一切自由的敌人，都在
他们自己的血海中埋葬！……
我的胸已经被闪电撕裂，
我的心像雷轰一样震荡，
我的妻子正静静地安睡，
她可爱的头正枕着我的胸膛。

我多么艳羡那些琴键

/〔英〕威廉·莎士比亚

每一次，当你在弹奏，
我的音乐，

我眼看着你轻盈的手指
在那些幸福的琴键上跳跃，
悦耳的旋律，使我魂倒神颠——

我多么羡慕那些琴键轻快地
跳起来狂吻你温柔的掌心，
而我可怜的嘴唇，
本该有这权利，
却只能眼看着琴键的放肆出神！

经不起这引逗，我多想
做那些舞蹈着的得意小木片，
因为你手指掠过它们，
使枯木比活嘴唇更值得艳羡。

冒失的琴键既由此得到快乐，
请给它们你的手指吧，
给我你的嘴唇。

无题

/〔英〕威廉·华兹华斯

我有过心血来潮之时，
我不想隐瞒
（不过，只能让情人知晓）：
发生了什么。

那时，我情人容光焕发，
像六月盛放的玫瑰；
夜晚，在淡淡月光之下，
我向她的茅舍走去。

我目不转睛，注视着月光，
走过辽阔的荒野；
我的马儿迈着轻快的步伐，
踏上我心爱的小路。

我们穿过果园，
接着又登上一片山岭，
这时，月亮正徐徐坠落，
临近露西的屋顶。

我沉入一个温柔的美梦——
造化所赐的珍品！
我始终凝视着
缓缓下坠的月轮。

我的马儿呀，不肯停蹄，
一步步向前飞奔；
只见那一轮明月，
蓦地沉落到茅屋后边。

一个糊涂的怪念头，
溜进我的头脑！

“天啊！”我情不自禁发出惊呼，
“万一露西会死掉！”

印小夜曲

/〔英〕珀西·比希·雪莱

一

在香甜的睡眠里我梦见了你，
我从这美梦里醒来，
习习的夜风正轻轻地吹，
灿烂的星星耀着光辉；
我从这有你的美梦中醒来，
任凭脚步，引导着我，
哦，不可思议，
来到了你的门外，亲爱的！

二

飘荡的乐曲疲倦地睡去，
湮没在幽暗静寂的清溪——
金香木的芳馨已经融化，
就像梦中那甜美的情思；
夜莺一声声幽怨的啼诉
已在她的心怀永远逝去——
让我在你的怀中逝去吧，
因为，我是这样爱你！

三

哦，请快把我从草地上扶起，
我气息奄奄，神志昏迷，
全身无力！
让你的爱化为吻，
降落在我苍白的嘴唇和眼皮；
我的面颊冰冷，没有一丝血气！
我的心脏跳得沉重而急切——
哦，快把它压在你的心上，
它终将在那儿碎裂。

啊，但愿我的双脚……

/〔英〕阿尔弗雷德·丁尼生

啊，但愿我的双脚
还能踏上坚实的土地，
直到我的灵魂找到，
别人尝过的甜蜜！
然后发生什么都可以，
哪怕让我失去一切，
只要我曾有过自己的爱情。

温暖的晴天啊等一等，
先不要用乌云覆盖我，
直到我完完全全地肯定
世上有一个人爱我！

然后发生什么都可以，
哪怕是悲苦的人生雪上加霜——
只要我曾有过自己的爱情。

痴情

/〔智利〕加夫列拉·米斯特拉尔

天啊，
请遮住我的双眼，
封住我的双唇，
时间无能为力，
失去一切言语。

他看着我，我看着他，
久久没有说话。
像丢失了魂魄目光停滞，
面色惨白心怀挣扎。
经过了这样的时刻，
一切都成了虚话！

他声音颤抖，
我结结巴巴，
糊里糊涂地回答。
我告知他和我的命运
注定是坎坷险阻，凄苦连连。
从此后，我知道

一切都成了虚话！
任何外物都会消融在泪水中，
流下我的脸颊！

充耳不闻，
口不能言。
在死气沉沉的大地上
一切都变得毫无意义，
无论血红的玫瑰
还是沉默的雪花！

天啊，我不曾求助过你，
哪怕是饥寒交迫，
可现在我却请求你
让我的脉搏停止，将我的眼睛闭上！

请挡住那些风儿，
清风会带走他的声音远去；
请让我摆脱烈日，
烈日会熔化他的身影。

请接受我的爱，
我满怀激情地前往，
激情满怀！像洪水奔流的大地！

你的微笑

/〔智利〕巴勃罗·聂鲁达

你可以拿走我的面包，
拿走我的空气，
如果你需要，但，
别把你的微笑拿掉。

别动这朵玫瑰，
你看那喷泉，
甘霖从你的欢乐当中
一下就会喷发，
你的欢愉会冒出
突如其来的银色浪花。

我从艰苦的斗争中脱身，
用疲惫的眼睛回顾，
常常会看到
世界并没有天翻地覆，
可是，只要你那微笑
奔向我寻我而来，
世界的大门
一下子就都为我打开。

我的爱情啊，
在最黑暗的时代
也掩不住你的微笑，
如果你突然望见

街头的石块上面洒着我的热血，
你笑吧，因为你的微笑
将在我的手中
变作一把锋利的宝刀。

你的微笑
在秋天的海边，
掀起飞沫四溅的浪花，
在春天，
我亦需要你的微笑，
它像期待着我的花朵，
绯色的、白色的，
都开在我这回声四起的祖国。

微笑，它向黑夜挑战，
向白天，向月亮挑战，
向盘桓在岛上的
大街小巷挑战，
向爱着你的
笨小伙子挑战，
我的双眼，
不管睁开还是闭上，
当我迈开脚步，
无论后退还是向前，
你可以拿走我的面包，拿走我的空气、
光明和春天，
但，给我你的微笑，
没有它，我只能长睡不醒。

奉献 第十一

自从我被你的美所缠绕，
你裸露的手臂把我俘获，
时间的海洋已经有了五年
在低潮，沙漏反复过滤着时刻。
可是，每当我凝视着夜空，
我仍看到你的眼睛在闪亮；
每当我看到玫瑰的鲜红，
心灵就朝向你的面颊飞翔；
每当我看到初开放的花，
我的耳朵，仿佛贴近你唇际
想听一句爱语，就会吞下
错误的芬芳。唉，甜蜜的回忆
使每一种喜悦都黯然失色，
你给我的欢乐，带来了无尽忧伤。

——〔英〕约翰·济慈《致》

致——

/〔英〕珀西·比希·雪莱

一

有一个字常被人亵渎，

我不想再亵渎它；

有一种感情被人菲薄，

你岂能再菲薄它？

有一种希望酷似绝望，

何须再加提防！

只要怜悯起自你的心上，

对我就已经足够。

二

我不能给你世人所谓的爱情，

它只算得是崇拜，

这颗心对你的仰慕，

连上天也不会拒绝。

犹如飞蛾扑向星星，

犹如暗夜想拥抱黎明，

这种思慕之情，

早已超越了困苦尘寰。

我愿是急流

/〔匈牙利〕裴多菲·山陀尔

我愿是急流，
山中之小川，
在崎岖的路上、
岩石上经过……
只要我的爱人
是一条小鱼，
在我的浪花中
快乐地游憩。

我愿是荒林，
在河流的两岸，
对一阵阵的狂风，
勇敢地作战……
只要我的爱人
是一只小鸟，
在我的稠密的
树枝间筑巢、鸣叫。

我愿是废墟，
在峻峭的山岩上，
这寂静的毁灭
并不使我沮丧……
只要我的爱人
是青青的常春藤，
沿着我荒凉的额，

亲密地攀缘上升。

我愿是茅庐，
在深深的山谷底，
茅庐的顶上
饱受风雨的打击……
只要我的爱人
是可爱的火焰，
在我的炉子中，
愉快地缓缓闪现。

我愿是云朵，
是灰色的破旗，
在广漠的空中，
懒懒地飘来荡去……
只要我的爱人
是珊瑚般的夕阳，
傍着我苍白的脸，
显出艳丽的光辉。

奉献

/〔英〕阿尔加侬·查尔斯·斯温伯恩

甜心，别要我更多地奉献，
我给你一切，决不吝啬。
我若有更多，我心中的心，
我亦会全部奉献在你脚边——
献出爱情帮助你生活，
献出歌声鼓励你飞升。

但一切礼品都不值什么，
只要一旦对你感受更深——
触摸着你，尝着你的甜，
想着你，呼吸着你，才能生活，
被你翅膀扫着，当你飞升，
被你双脚踏着，我也甘愿。

我一无所有，除了爱情，
只能把爱你的心向你奉献。
他有更多，让他献得更多，
他有翅膀，就让他飞升；
而我的心啊在你脚边，
它必须爱你，才能生活

忠贞 第十二

林木萧萧，白云遥远，
女郎徘徊在碧绿的岸边，
波浪一声声拍打着水岸，
女郎歌声澈暗宵，
眼儿被泪打湿了。

心儿已死，尘世已空，
世间无复可心动。
圣母召儿归天堂，
你已经领略人间的宠爱，
你此生已遇到忠贞的爱情。

——〔德〕约翰·克里斯托弗·弗里德里希·冯·席勒《恋曲》

灵魂选择自己的伴侣

/〔美〕艾米莉·狄金森

灵魂选择自己的伴侣，
然后将门紧闭。
她神圣的决定，
不容再干预。

发现车辇停在她低矮的门前，
——不为所动 。
一位国王跪在她的席垫
——不为所动。

我知道她从一个人口众多的国度，
选择了一个——
从此，合上她心的阀门，
像一块石头。

滚滚人海

/〔美〕沃尔特·惠特曼

滚滚人海中，你像一滴水，
温柔地向我倾诉：
“我爱你，我不久就要死去；
我走了这么漫长的路，就是为与你相遇，爱上你，
除非见到了你，我不能死去，

因为我怕以后会失去了你。”

现在我们已经相会了，我们遇见了，
让我们释然吧，
我的爱，和平地归回到海洋去吧，
我的爱，我也是一滴海水，
你我将永为一体，组成大海！
看啊，这伟大的宇宙，万物的联系，何等完美！

你知道吗——
在每当日落的时候，
我在内心深处都感激天空、海洋和大地
只因，我们相遇在滚滚人海！

狂野之夜

/〔美〕艾米莉·狄金森

狂野之夜，狂野之夜！
我若和你同在一起，
狂风雨夜
也是一种奢侈！

那些风，也无能为力，
这颗心，已在港内，
罗盘，不必，
海图，不必！

泛舟在伊甸园——

啊，海！

但愿我能，今夜，

泊在你的避风港！

我要在你爱我的时候死去

/〔美〕乔治亚·道格拉斯·琼森

我要在你爱我的时候死去，

当你还认为我美丽，

当笑声还留在我的嘴唇上，

光辉照在我的头发上。

我要在你爱我的时候死去，

而且带到沉寂的床上面，

你的亲吻——冲动的，热烈的，

在我死去后仍给我温暖。

我要在你爱我的时候死去，

哦，谁还愿意活下去，

直到爱既没有什么可要求，

也没有什么东西可给予。

我要在你爱我的时候死去，

而且永远，永远不看到，
这个完美的日子的光荣
变得暗淡，或者失去！

爱情并非一切

/〔美〕埃德娜·圣·文森特·米莱

爱情并非一切：不是宴欢，
不是微眠，不是避雨的屋檐，
也不是落水者浮沉时，
所抓住的那根桅杆。

爱情并不能以呼吸强壮肺部，
无法清洁血液，不能续筋正骨。
可是，太多人因得不到爱倍感孤独，
甚至宁愿与死亡为伍。

痛苦的时刻，如坐针毡，
或哼唱哀歌，以消除伤感，
或被犹疑不决，无尽烦恼，
或许，我会为了平静而抛开你的爱情，
会为了宴安而遗忘今夜良宵的记忆，
但更有可能，我忠于爱情，绝不背叛！

索尔维格之歌

/〔挪威〕亨利克·约翰·易卜生

冬天早已过去，
春天不再回来，
春天不再回来，
夏天也将消逝，
一年年地等待，
一年年地等待。

但我始终深信，
你一定能回来，
你一定能回来，
我曾经答应你，
我要忠诚等待你，
等待着你回来。

无论你在哪里，
愿上帝保佑你，
愿上帝保佑你。
当你在祈祷，
愿上帝祝福你，
愿上帝祝福你。

我要永远忠诚地等你回来，
等待着你回来，
等待着你回来。
你若已升天堂，

就在天上相见，

在天上相见！

莎维德丽（节选）

/〔印度〕毗耶娑

莎维德丽说
不论夫君带我到哪里去，
不论他自己走到哪里，
那地方我就应该去，
这是永恒不变的道理。

由苦行和对尊长的尊敬，
由守誓和对夫君的爱情，
还由于你的慈惠怜悯，
没有什么能阻我向前行。

明见真理的智者们，
曾说七步生友情；
有了这样的友情，
我说些言语请你听。

和夫君一起我怎么会疲倦？
夫君在哪里，我也一定去那边。
你带我夫君到哪里，我也要去，
群神之长啊！请你再听我一言。

和夫君在一起我一点不觉远，
我的心还跑得更远，更向前；
这样就请你一边走一边再听，
我还要说出来的一番语言。

赏赐光荣的神啊！
若无伉俪情缘，
你赐福不会实现；
因此，正如其他心愿，
我重作挑选，
愿萨谛梵重返人间，
因为我失了夫君就也和死人一般。

失去了夫君，我不希图有福享，
失去了夫君，我不祈求上天堂，
失去了夫君，我不贪荣华富贵，
离了夫君，我活下去也没有心肠。

你赐我的恩典是我将生一百子，
而你又夺去我的夫君不让团圆；
我选择心愿，
愿萨谛梵重返人间，
以便你的话成为真实，
不陷空谈。

高高的庄园里有很多鸟

/〔英〕阿尔弗雷德·丁尼生

高高的庄园里有很多鸟，
看暮色已经落下，
莫德，莫德，莫德，
它们叫唤着，呼唤着。

莫德呢？ 在我们的树林里；
除了我还有谁与她相伴？
她采着林场的野百合，
千百朵一块儿开花。

我们的树林里有许多鸟，
歌唱得山谷都传响，
莫德在这里，在这里，
在这里百合花中央。

我吻她纤纤的素手，
她完全处之泰然；
莫德还不过十七岁，
她可是又高又庄严。

我得了她的欢心，
我敢得意，我敢夸！
莫德拿得稳上天堂，
只要低微保住她！

我认识她抱了鲜花束
走回家去的路线，
因为她脚踩过草地，
叫雏菊变成了红点点。

高高的庄园里有许多鸟，
唤她直唤得发昏，
莫德在哪里，莫德？
有人来向她求婚。

看啊，一匹马在门口，
小查理狺狺地要发狠！
老爷，穿草野回转吧，
你不是她的意中人。

配偶

/〔英〕阿尔加侬·查尔斯·斯温伯恩

如果爱情是美丽的玫瑰，
我愿做生命相随的绿叶，
我们的生命将在一起生长，
无论天气阴惨，或者晴朗，
处在开花的原野，或者花径，
感受绿色的欢乐，或者灰色的苦闷；
如果爱情好似香艳的玫瑰，
而我好似它的叶片儿青翠。

如果我好似那蜜语甜言，
而爱情好似那曲调绵绵，
我们的嘴将一同歌唱，
两种嗓音，但是一种欢畅，
欣悦的亲吻则好像飞鸟
在中午得到细雨的淋浇；
如果我好似那曲调绵绵。

如果爱情好似生命，我的亲人，
而我，你的爱人，好似死神，
我们将一同发光，一同降雪霜
直等到三月使天清气爽，
带着水仙的芬芳，椋鸟的鸣啭，
和散发丰收气息的时光；
如果爱情好似生命，我的亲人，
而我，你的爱人，好似死神。

如果你好似被忧愁束缚的奴隶，
而我好似受欢乐差遣的仆役，
我们将一生一世，一年四季，
做着爱的眼波和背叛的游戏，
晚也哭，朝也哭，泪水潸潸，
像女孩，像男孩，笑声朗朗；
如果你好似被忧愁束缚的奴隶，
而我好似受欢乐差遣的仆役。

如果你好似四月的贵妇，
而我好似五月的贵族，

我们将一小时一小时把叶子抛下
又一天一天地用鲜花作画，
直到白天像夜晚一样阴暗，
夜晚又像白天一样明亮；
如果你好似四月的贵妇，
而我好似五月的贵族。

如果你好似快乐的皇后，
而我好似痛苦的帝王，
我们将一同去追捕爱情，
把它的飞翔的羽毛拔净，
教它的双脚能循规蹈矩，
将它的嘴套上缰绳挽具；
如果你好似快乐的皇后，
而我好似痛苦的帝王。

失恋 第十三

忘了吧，像忘了一枝花，
像忘了曾淬炼过真金的火焰，
忘了吧，永远永远忘了它，
时间是好友，会让我们变成老年。

如果有人问起，就说已经忘掉，
在很久很久以前，
像鲜花，像火焰，像一个轻浅的脚印，
消散在早就被遗忘的积雪间。

——〔美〕莎拉·蒂丝黛尔《忘了吧》

情人因失恋而哀泣

/〔爱尔兰〕威廉·巴特勒·叶芝

浓发、淡眉、安详的手，
我有过美丽的朋友，
她曾梦想那旧日的绝望
会将在爱情中终结：
有一天她窥入我心底，
看见你的影像在那里；
从此她哀泣而去。

谁能够告诉我

/〔葡萄牙〕路易·德·卡蒙斯

谁能够告诉我
爱是从哪里开始，
是谁把爱情播种？

是我播种了爱情，
也埋下了祸根。
播下的是爱，
收获的却是愚弄。
在我这一生中，
还不曾见过哪一个男子
得到过他播种的爱情。

我看到盛放的花朵，

四周荆棘丛生，

花儿虽然鲜艳夺目，

对人生却如此无情。

孤独的人啊

依花为生，

此时此地，如此不幸。

我徒劳无获，

到头来双手空空，

播下种子一粒，

却收得痛苦终生。

我从未经历过这种爱情，它始终如一，

从未有痛苦产生。

歌谣

/〔俄〕瓦西里·茹科夫斯基

心上人的戒指啊，

我把它掉落进了大海；

随着戒指的失落啊，

尘世的幸福也离开了我。

女友给我戒指时说过：

“戴着吧！不要忘了我！

只要戒指在你的手上，

我就是属于你的！”

那是一个不幸的时刻啊，
我要把渔网在海中洗净；
可戒指却滑落掉进大海，
再也找不到它的踪影！……
从此我和她成了陌路，
我去找她，她理也不理！
从那时起我的欢乐啊，
也沉入深深的海底！

夜半的风儿醒醒吧，
我的朋友啊，夜半的风！
帮我把戒指捞上来吧，
吹到那岸边的草坪。

傍晚，见我泪流满面，
姑娘开始把我可怜！
在她那双眼睛里啊，
又闪现出往日的光环！

她温存地在我身旁坐下，
伸给我一只手，
似乎是要说句什么话，
可又说不出口！

你的温存于我何用！
你的问候解我何愁！

我要的是爱情啊爱情，
你却不给我爱情的满足！

海里有绚丽多彩的琥珀，
谁愿去寻找都有自由……
我只要我的那只戒指啊，
它就是我的憧憬和追求。

焚毁的信

/〔俄〕亚历山大·谢尔盖耶维奇·普希金

别了，爱的锦书！
别了，这是她的吩咐。
我久久地迟疑着！
我的手久久地不愿把我的欢乐交付给火！
可是够了，这一刻到了。
烧吧，爱的锦书！
吾意已决；
我的心已不再牵念。

贪婪的烈焰就要吞噬你的素笺……
只消一分钟！……一明一灭间，
化作缕缕轻烟，袅袅上升，
随同我的祈愿一同消散。

那钟情戒指上的印痕随同封口的火漆，

都熔化了，都煮沸了……
啊，苍天！
大功告成啦！
烧焦的笺页皱了起来，
在轻飘的纸灰上，
那些山盟海誓的字迹闪着白光，
我的心胸窒息了。
亲爱的灰烬啊，你是我惨淡的命运中可怜的慰藉，
永远留驻在我哀伤的心中吧！

黎明时你不要唤醒她

/〔俄〕费特·阿法纳西·阿法纳西耶维奇

黎明时你不要唤醒她，
朝霞里她睡得这样香甜：
胸膛呼吸着清晨的气息，
笑靥在清晨中妩媚鲜艳。
头下的靠枕散发出温热，
疲倦后的睡眠分外沉酣，
乌黑的发辫像条条丝绦，
从两侧滑落在她的双肩。

须知昨夜黄昏后，
她很久倚坐窗前，
凝望着皎洁的一轮明月，
飘飘然穿行在浮云之间。

她一心一意想透过黑暗，
听夜莺在哪里啁啾呜啭；
她的心怦怦跳悬在半天，
忽而落在了喧响的花园。
月亮的银辉越来越明媚，
夜莺的歌声越来越委婉，
她的脸色却越来越苍白，
一颗心愈加痛苦得发颤。
晨光因此落在她的胸前，
火焰一般映红了她的脸，
你不要唤醒她，不要叫，
霞光里她睡得这样香甜！

别哭，我的朋友

/〔俄〕伊凡·萨维奇·尼基丁

别哭，我的朋友！
不论我的胸中是否积满了痛楚，
请相信，同年龄的告别
并不是爱情的坟墓，

命运并没有把我
引向荒凉的旷野——
我仍旧保存着我的圣物——
你的形象在我的心中。

寂寥

/〔俄〕伊凡·亚力克萨维奇·蒲宁

寒冷的湖水上面
是风雨、昏暗的王国。
在春日来到之前
花园零落，
处处荒芜，
生命离去了。
我独自一人留在别墅，
坐在画架前，
室内漆黑一片，
狂风吹得窗子沙沙作响。

昨日，
你还和我在一起，
可是，你已经觉得没有意思。
啊，曾几何时，
在那风雨如晦的夜里，
在我的心上，
你就是我的妻子……
可是如今，别了！
怎么办呢？！
春天来临之前一个人生活吧！
没有妻子就没有妻子……

昨日大片的乌云
依然不停地飘过，

雨水冲去了
门廊上你留下的足迹。
今天啊，
不忍看傍晚灰暗的暮色，
我的心充满了寂寥。

望着你离去的背景，
我想大声呼喊：
“回来吧！我们已经结合在一起，
我离不开你！”
然而女人不记得过去：
不爱了——
从此知己成陌路，
爱已成往事！

有什么办法呢！？
燃起壁炉，
喝杯淡酒……
最好再买一条
忠实的猎犬。

爱就是在你的臂弯中死去

/〔法〕纪尧姆·阿波利奈尔

爱就是在你的臂弯中死去。
你可记得当初的相逢，

你可以将之死而复生，
它会归来再与你相逢。

春天消失了，
我梦见春天的款款柔情。
别了，别了，逝去的季节。
你复归时仍那么柔情。

噢，我的荒芜的青春

/〔法〕纪尧姆·阿波利奈尔

噢，我的荒芜的青春。
像花朵一样枯萎凋零，
而如今来临的季节，
只剩下猜疑和不屑。

这画布般的风景，
一条假的血河在流。
在盛开着繁星的树下，
一个小丑孤单走过。

浮尘舞动的寒光，
照着布景和你的面颊。
一声枪响一声尖叫，
阴影里有个画像微笑。

窗玻璃已经碎裂，
一种难以捉摸的旋律。
在乐声和思维间游移。
在未来和回忆间游移。

噢，我的荒芜的青春。
像花朵一样枯萎凋零，
而如今来临的季节，
只剩下猜疑和不屑。

盾徽

/〔法〕纪尧姆·阿波利奈尔

秋之盾徽统治着恭顺的我，
因此我爱慕果实却憎恨花朵。
我为付出的每个吻哀悼痛哭，
如同打落的核桃对风诉苦。

永恒的秋啊，我心灵的季节。
老情人的手把它撒满落叶，
背后的妻子是我宿命的影子。
鸽群今晚做最后的飞翔。

不，爱并未死去

/〔法〕罗贝尔·皮埃尔·德斯诺斯

不，爱并未死去——在这心里、这眼里和这宣告了它的葬礼开始的嘴里。
听着，我已对秀丽、色彩和妩媚厌倦了。
我爱着爱，它的柔和与残酷。
我的爱只有一个名字，只有一个形式。
当一切消失。所有的嘴依附着另一张嘴。
我的爱只有一个名字，一个形式。
如果有一天你记起它，
哦你，我的爱的唯一的形式和名字，
有一天在欧洲和美洲之间的海上，
在那太阳的余晖反射在起伏的波浪的表面上的时候，
或是一个暴风雨之夜在乡村的一株树下，或是在一辆飞驰的汽车里。
在马里榭毕林荫大道春天的早晨，
在一个下雨天，
在上床睡觉前的黎明，
对你自己说——我命令你熟悉的灵魂——那个
我独自爱你更甚的灵魂，可惜你并不知道。
对你自己说，不必对这些事感到懊悔：龙沙在我之前面，
波特莱尔曾为那些年老的和死过的妇人侮辱了纯洁的爱而惋惜而歌唱。
你啊，当你死去的时候，
你将是美丽的并依然抱有希望。
而我将已经死去了，整个地包容在你不朽的躯体里，在你可惊的影像里——你曾呈现在生活和永恒的连续不断的奇迹中。

但是，假如我还活着，
你的声音的音调，你的眼色和它的光彩，
你的气味和你的发的气味和许多其他的东西都将活在我的身上，
在我的身上，而我不是龙沙也不是波特莱尔，
我只是罗伯尔·德斯诺斯，而因为我认识并爱过你
我完全和他们一样。
我是罗伯特·德斯诺斯，她希望被记住
在这个卑鄙的只有你的爱还存在的世界。

美人无情

/〔英〕杰弗雷·乔叟

你的大眼睛能一下把我斩杀，
我怎能承受起那种勾魂的魔力，
我的心房给刺破了，痛苦已极。
请以好言抚慰我，并求你赶早，
趁我这心头的创伤还未崩裂；
你的大眼睛能一下把我斩杀，
我怎能承受起那种勾魂的魔力，

我有一片忠诚，我要向你讨好，
因你是我的以后，我生命的浩劫；
唯有一死才见得我如何恳挚。
你的大眼睛能一下把我斩杀，
我怎能承受起那种勾魂的魔力，
我的心房给刺破了，痛苦已极。

但是美色已蒙住了你的心灵，
失去了怜悯，哪怕我怎样哀泣；
骄矜已把那恻隐的心苗遏抑。

我将无辜地死去，你何其薄情；
愿你听我向你表明我这心迹；
但是美色已蒙住了你的心灵，
失去了怜悯，哪怕我怎样哀泣。
天工为你精心雕琢，片刻不停，
造成了你这么一副花容玉质，
管教我命夭折，你却心硬如铁。
但是美色已蒙住了你的心灵，
失去了怜悯，哪怕我怎样哀泣；
骄矜已把那恻隐的心苗遏抑。

我既安然逃出了爱神的囚牢，
再也不想重受他的无情磨折；
我只觉自由可贵，他一文不值。
他可能还喋喋不休，百般阻挠；
但我满不在意，多说也属无益。
我既安然逃出了爱神的囚牢，
再也不想重受他的无情磨折。

爱神在他名单上把我剔除了，
我不觉有何惋惜，他剔我也剔，
我和他就一刀两断，彼此决裂。
我既安然逃出了爱神的囚牢，
再也不想重受他的无情磨折；

我只觉自由可贵，他一文不值。

当初我俩离别时

/〔英〕乔治·戈登·拜伦

当初我俩离别时，
只有沉默和眼泪，
分离的日子如此长久，
我忍不住心碎！
你的脸发白发冷，
你的吻更是冰凉；
确实啊，那个时辰
正预兆了我今日的悲伤！

清晨滴落的露珠
浸入我眉头，好冷——
对我今天的感触
仿佛是预先示警，
你毁了所有的山盟海誓，
你得了轻浮的名声；
听别人说你的名字，
连我也羞愧脸红。

他们当着我说你，
像丧钟响在我耳旁；
我周身止不住战栗——

对你怎这样情长？
他们不知我熟悉你——
只怕是熟悉过度！
我将久久惋惜你，
深挚得难以陈诉。

想当初幽期密约，
到如今默默哀怨；
你的心儿会忘却，
你的灵魂会欺骗。
多年以后，如果你我重逢
我该用什么问候你？
——唯有沉默和眼泪。

锦瑟

/ 唐 · 李商隐

锦瑟无端五十弦，一弦一柱思华年。
庄生晓梦迷蝴蝶，望帝春心托杜鹃。
沧海月明珠有泪，蓝田日暖玉生烟。
此情可待成追忆，只是当时已惘然。

啊，当我爱上你时

/〔英〕阿尔弗雷德·爱德华·豪斯曼

啊，当我爱上你时，
我穿得干净又考究，
方圆几里的人都惊奇，
我的举止多么绅士。
如今爱情已失去，
一切都不留，
方圆几里的人都会说，
我的一切又照旧。

感伤 第十四

爱情啊，爱情啊——据人传说，
那是心灵和心灵的默契，
它们的融化，它们的结合，
两颗心注定的双双比翼，
就如……致命的决斗差不多……

在这场不平衡的争斗里，
总有一颗心比较更柔情，
于是就不能和对手匹敌
它爱得越深，就伤得越深，
终至悲伤、麻木、心怀积郁……

——〔俄〕费多尔·伊凡诺维奇·丘特切夫《命数》

世界上最遥远的距离

/〔印度〕拉宾德拉纳特·泰戈尔

世界上最遥远的距离，
不是生与死，
而是我就站在你面前，你却不知道我爱你；

世界上最遥远的距离，
不是我就站在你面前你却不知道我爱你，
而是明明知道彼此相爱，却又不能在一起；

世界上最遥远的距离，
不是明明知道彼此相爱却又不能在一起，
而是明明无法抵挡这种思念，却还得故意装作丝毫没有把你放在心里；

世界上最遥远的距离，
不是明明无法抵挡这种思念却还得故意装作丝毫没有把你放在心里，
而是面对爱你的人，用冷漠的心，掘了一条无法跨越的沟渠。

无题

/ 唐 · 李商隐

飒飒东风细雨来，芙蓉塘外有轻雷。
金蟾啮锁烧香入，玉虎牵丝汲井回。
贾氏窥帘韩掾少，宓妃留枕魏王才。
春心莫共花争发，一寸相思一寸灰！

我的唇吻过谁的唇，在哪里

/〔美〕埃德娜 · 圣 · 文森特 · 米莱

我的唇吻过谁的唇，在哪里
为什么，我已忘记，谁的手臂
我枕着直到天明；但今夜雨水
满是鬼魂，敲打着窗子玻璃。

唉声叹气，倾听着我的回音，
我心中翻滚着安详的痛苦，
因为早已忘却的少年再也不会
午夜里转身朝着我，喊我一声。
孤独的树站立在寒冬之中，
它不知是什么鸟一只只消失，
只知树枝比以前更加冷清。

我说不出什么爱情来了又去，
只知道夏季在我心中唱过
一阵子，现在只剩下一片寂静。

野蔷薇

/〔德〕约翰·沃尔夫冈·冯·歌德

少年看到一朵蔷薇，
荒野的小蔷薇，
那样的娇嫩可爱而鲜艳，
急急忙忙走向前，
看得非常欢喜。
蔷薇，蔷薇，红蔷薇，
荒野的小蔷薇。

少年说："我要来采你，
荒野的小蔷薇！"
蔷薇说："我要刺你，
让你永不会忘记。
我不愿被你采折。"
蔷薇，蔷薇，红蔷薇，
荒野的小蔷薇。

野蛮少年去采她，
荒野的小蔷薇；
蔷薇自卫去刺他，
她徒然含悲忍泪，
还是遭到采折。
蔷薇，蔷薇，红蔷薇，
荒野的小蔷薇。

一切生趣消失在遗弃者的一声长叹里

/〔德〕约翰·克里斯托弗·弗里德里希·冯·席勒

貌若天人，充满英雄的幸福，
他是一切青年中的最英俊的人物，
他眼光温暖，像五月的太阳，
反射在蓝色的海的镜面上。

他那拥抱——热烈得叫人销魂！
强有力，火热，心敲着心，
嘴和耳朵都失去知觉，心迷神醉，
魂灵向天上飞升，飞升。

他那亲吻——是天上的乐园！
就像两片火焰互相吞并，
就像琴音彼此协调，
奏起来像仙乐一样谐和。

冲击，飞翔，精神和精神同流，
嘴唇，面颊，在燃烧，发抖；
灵魂奔入另一灵魂，天地浮动
像包围着相爱的人而逐渐消融。

他死去了，绝望，唉，绝望，
用痛苦的叹息去追怀也是枉然，
他死去了——一切生趣也就
消失在遗弃者的一声长叹里了！

在自己祖国的蔚蓝天空下

/〔俄〕亚历山大·谢尔盖耶维奇·普希金

在自己祖国的蔚蓝天空下
她带着烦恼，慢慢凋萎……

她终于香消玉殒了，也许
那年轻的幽灵正在我的头顶上飞翔；

我们已相隔不可逾越的天河，
毫无用处了，我往日的钟情：
我从冷漠的嘴中听到她的死讯，
我也冷漠地默不作声。

可就是这个女郎，使我爱得发狂，
我心底怀着多少紧张的苦痛，
千般的温柔，万般的相思，
甚至丧失了理智和血性！

而此刻，痛苦呢？ 爱情呢？
啊，从我心灵中
对于轻信我的这可怜的幽灵，
对于一去不复返的甜蜜的记忆，
既找不到眼泪，也找不到怨恨。

你不止一次听我承认……

/〔俄〕弗多尔·伊凡诺维奇·丘特切夫

你不止一次听我承认：
“我不配消受你的爱。”
即使她已变成了我的，
但我比起她是多么贫瘠……

面对你丰饶的爱情，
我痛楚地想到自己——
我默默地站着，只有
一面崇拜，一面祝福你……

正如你有时如此情深，
充满着信心和祝愿，
不自觉地单膝下跪，
对着那珍贵的摇篮；

那儿睡着你亲生的她，
你无名的天使——
对着你的挚爱的心灵，
请看我也正是如此。

双生子

/〔俄〕弗多尔·伊凡诺维奇·丘特切夫

有一对孪生兄妹——对人来说
就是一对神——那是死和梦
它们多么相像！虽然前者
看来比较阴森，而后者温存……

但另外还有一对孪生兄妹，
世上哪一对比他们更美丽？
也没有任何魅力更可畏，
使心灵感到如此战栗……
他们有着真纯的血缘关系，
只在致命的日子，这兄妹
才以他们的不可解的秘密，
迷住我们，使心灵为之陶醉。

谁能在情绪充沛的一刻，
当血液既冷缩而又沸腾？
不曾感到过你们的诱惑？
孪生兄妹啊——自杀和爱情！

为什么

/〔俄〕米哈伊尔·尤里耶维奇·莱蒙托夫

我忧愁，因为我爱你，

并且知道：流言蜚语险恶的迫害

不会放过你美好的花样年华。

为了每一个晴朗的日子或每一个甜美的时刻，

你必须向命运付出眼泪和愁苦的代价。

我忧愁……因为你欢天喜地。

秋日，我们荒芜的花园已枯萎凋谢

/〔俄〕阿列可谢·康斯坦丁诺维奇·托尔斯泰

秋天，我们荒芜的花园已枯萎凋谢，

变黄的叶子随风飘落纷飞，

只有那远处山谷里掉光了叶子的树枝上，

还闪现着一串串红艳艳的山梨。

我默默地紧握着、温暖着你的小手，

我的心感到忧愁而又欢喜，

我看着你的眼睛，默默地流泪，

我不敢说出来我是多么爱你！

一朵花

/〔俄〕伊凡·谢尔盖维奇·屠格涅夫

你可在昏暗的树林里，
在春天的嫩草丛中，
偶然发现一朵朴素、寻常的花？
你只身一人，漂泊异乡。
它等着你，
在带露的草中，它独自绽放……
并且，它纯洁的初馨，为你而珍藏。
你摘下一朵纤弱的小花，
把它——被你糟践的小花，
细心地用手，
把它别在衣服的扣眼里，
脸上还挂着慢悠悠的笑容。
于是，你走着灰土的路径；
四周，整个田野被烤烘，
天上流下无穷的热量，
你胸前的小花早蔫得不行了。
它长在幽静的阴影中，
滋润着晨雨，
却被酷热的灰尘覆盖，
被中午的阳光灼痛。
可又怎地？惋惜也无用！
即是说，它来到尘世，
仿佛只为短暂地，
依偎在你心旁。

当我用心聆听

/〔俄〕伊凡·萨维奇·尼基丁

当我用心聆听你的话语，
当我寻觅着，猜测着
你那双眸子里的温柔的爱情，
在那一瞬间，我的朋友啊，
我是多么幸福，多么高兴！

那时哀伤沉默在我的胸中，
冷枯的心灵也没有什么谴责。
不是这样吗，爱恋的一瞬，
比我们生活的一息更为美好！

可是，当剩下我独自一人，
当我去思索未来的命运，
我就一下子沉浸在忧愁里，
眼泪也就默默地流了出来！

园中树叶飘落

/〔俄〕伊凡·亚历克塞维奇·蒲宁

园中树叶飘落，
这是一座古老的花园。
我曾常常迎着将临的曙光，

在这里徘徊、
信步游逛。

金风瑟瑟，
树叶旋转着，
唰唰作响；
整个园林慌恐异常、
惊呼愁惘！
然而又觉得十分宁静，
却充满了忧伤。
可我的心中，只有欣喜、欢畅。

那时，我多么年轻，
又正在热恋之中。
那林荫路间的风声，
秋日黎明前
昏暗和寒冷，
怎么会在我心中有所共鸣？！

秋风吸引我志向四方，
且带着我的歌声
到处飘荡。
我的心热切地期待着
美好生活的来临，
和对幸福的向往。
园中树叶飘落着，
在空中一对一双
旋转飞翔……我踏着古老的

林荫路上的残叶，孤独地徘徊、游逛。

心儿伴着新侣，
我多么想用我的歌唱
回答我心灵的饮望——迎回我那平静、纯洁无虑的幸福、欢畅。
可是，
我的心为什么这样惆怅？有谁能怜爱我——
为我的痛苦而忧伤？秋风在白桦林荫路上呻吟着、卷起了尘土，
我的泪水也在夺眶流淌。

在忧郁的园中，那枯黄的落叶
旋转着、萧萧落下，
凄凉地沙沙作响。

记得十一月末的一个夜晚

/〔俄〕玛琳娜·伊万诺夫娜·茨维塔耶娃

记得十一月末的一个夜晚。
雾霭弥漫，雨声淅沥。路灯下面，
您温柔的面容好生古怪，令人纳闷，
狄更斯式的呆滞和阴郁，
冬天的海洋一样寒气袭人的胸膛……
——路灯下面您的温柔的面容。

风刮着，楼梯曲折回旋……
我的眼睛凝视着您的双唇，

我半笑着，把手指缠在结扣里，
我站着，好像年幼的缪斯，
贞洁无邪，像那深夜的时辰，
风刮着，楼梯曲折回旋……

从疲倦的眼睑下面，向我射出了
一连串令人疑惑的期望？
目光碰了一下我的嘴唇，又移向一旁……
就这样，焦躁不安的六翼天使，
裹着神秘的、圣洁的衣裳，
从疲倦的眼睑下面，诱惑着安宁

今晚又是一个狄更斯式的夜。
又下着雨又是无论对于我、对于您
都无所帮助——风又在烟囱里面呜咽，
又是飞旋着的楼梯……又是那两片嘴唇……
又是那脚步，匆匆离去的脚步，
走向这里，又走向什么地方，走向狄更斯式的夜。

致卡珊德拉

/〔法〕皮埃尔·德·龙沙

我的小乖——去看看
早上绽开的那朵玫瑰，
晨曦里映着她解开的红裙。
不知夜是否带走了她的青春，

还有那绯红的裙褶
和像你一样娇美的花容。

唉——眸子里只剩下一片花影，
她的生命为何如此匆匆？
继母般残酷的造物主啊！
注定她所有的美
都只在晨昏之间栖留一瞬！

相信我吧，亲爱的！
趁着你豆蔻年华，
带着鲜绿而清新的梦，
采撷你的青春。
别像这朵令人伤感的花朵，
让岁月使你的容颜凋零。

犹见枝上花

/〔法〕皮埃尔·德·龙沙

犹如看见五月枝头上的蔷薇，
花苞初放，竞芳斗艳，
当清晨用它的泪珠把她浇灌，
蓝天也要嫉妒她绝美的容颜。

美神和爱神在花身上停歇，
使花园和草木都散发馨香；

但风吹雨打烈日暴晒，
玫瑰花凋落，枯萎，死亡。

你正当妙龄，情窦初开，
大地与上天给你增添风采，
可命运把你杀害，使你安息归为尘埃。

为给你送葬，请收下我的眼泪和哭泣，
为使你的身躯不管生死都保持蔷薇一样地美丽，
这满罐的奶，这满篮的花，请你收下。

致沙特莱夫人

/〔法〕伏尔泰

如果你还想让我爱你，
就请归还我爱的年龄；
假如可能，就让我这垂暮的黄昏
变成生机勃勃的黎明。

酒神和爱神共享的，
美妙国度已与我无缘，
时光牵着我的手告诉我，
我该退隐山野。

让我们从岁月的不可抗拒中
吸取点有益的教训，

谁的头脑要是向年龄要求非分，
谁就必然遭受天大的不幸。

让我们把这嬉耍的乐事，
留给那翩翩的少年们吧，
我们只生活两段时间，
让一段时间留给明哲吧。

怎么！柔情、幻想、痴狂
你们永远弃我而去，
老天的赠礼啊，你们只
用生活的酸辛来作为对我的慰藉！

人有两次死亡，我看得很清楚：
不再爱人和不再被人爱，
这是难以忍受的死亡；
它比不再有生命还使人痛苦难当。

我惋惜失却了
早年的冒失和过错；
我那向着各种欲望敞开的灵魂，
遗憾自己当日的迷狂。

友谊于是垂怜自天而降，
来到人间为我帮忙；
它大概也充满着温存，
但再比不上爱情那样炽狂。

我受着它的妩媚的抚慰，
沐浴了它的灿烂的光辉，
我在把它孜孜地追随，
但我又因只能再追随它而伤心垂泪。

不幸者

/〔法〕杰拉尔·德·奈瓦尔

我是晦暗者——丧偶者——失去了慰藉，
我是城堡被毁的阿基坦君王，
我唯一的“星”死了，我的诗琴以星为饰，
上面有一轮忧郁的黑太阳。

你给过我慰藉，在此坟墓般的黑夜里，
请再给我波西利波和意大利海浪，
我悲伤的心曾那般喜爱的花儿，
还有那藤蔓攀上玫瑰的葡萄藤桩。

我是爱神或日神？ 是吕西尼昂或庇隆？
我额上还因女王的吻而发红；
我曾在塞壬游弋的洞穴里坠入梦中……

我曾两次把冥府之河横渡，
在俄耳甫斯的里拉琴上我交替奏出仙女的叹息和圣女的叹息。

哦，悲伤，悲伤是我的灵魂

/〔法〕保罗·魏尔伦

哦，悲伤，悲伤是我的灵魂，
这是由于，由于一个女人。

我不能够安慰我自己，
虽然我的心已经抽离。

虽然我的心，虽然我的灵魂
已经远远离开这个女人。

我不能安慰我自己，
虽然我的心已经离去。

而我的心，我的过于敏感的心
对我的灵魂说：有这可能，

有这可能，——这会是那
高傲的流放、悲伤的流放吗？

我的灵魂对我的心说：我啊，我怎能
知道这个陷阱要怎样捉弄我们？

我们在这儿，虽然已被流放，
虽然已流放到遥远的地方！

醉花阴·薄雾浓云愁永昼

/ 宋·李清照

薄雾浓云愁永昼，瑞脑销金兽。佳节又重阳，玉枕纱厨，半夜凉初透。东篱把酒黄昏后，有暗香盈袖。莫道不销魂，帘卷西风，人比黄花瘦。

叹出的是气

/〔西班牙〕古斯塔沃·阿道弗·贝克尔

叹出的是气，归到空气中
眼泪是水，归到大海里

请告诉我，女郎！你可知道
被遗忘的爱情归向哪里？

枯叶败草

/〔意大利〕但丁·阿利吉耶里

树叶已经超出生命力的极限，
本来它们借白羊星座之力，
装饰大地；草儿已经枯黄。
除了桂树、松树和冷杉
以及其他长年常青的树里，
绿色的枝儿都已纷纷躲藏。

这个季节，严峻而又荒凉，
山腰的小花忍不住寒霜侵袭，
都已枯谢凋零，一片肃杀。
残酷的刺直往我心里扎，
爱神的力量也不能使它消失，
因而我决心毕生带着刺儿，
如果我能活上一辈子！

在那高高的山峦间……

/〔意大利〕但丁·阿利吉耶里

在那高高的山峦间，沿着河谷
你把我百般伤害，爱神，
在那儿，我始终听你的召唤。

你抚摸我，不论我活着还是死去，
你的光辉强烈而熠熠逼人，
在我走向死亡的路中闪现。

唉！我看不到姑娘或男子汉
为我的痛苦而伤心悲叹。
如果她对我也不能垂怜，
我对别人更不抱帮助的希望。
她被放逐而逃离你的庭院，
对你神矢的打击并不放在心坎。
骄傲在她胸口筑起一道护栏，

每一支箭都折断而迷失方向，
心里装了铠甲，什么都不能伤。

致光明的使者

/〔意大利〕米开朗基罗·博纳罗蒂

通过你的慧眼，
我看到为我的盲目不可能看到的光明。
你的足，
助我担荷负重，我瘸子一般的脚
所不能支撑的。

由你的精神，
我感到往天上飞升。
我的意志全包括在你的意志中，
我的思想在你的心中形成，
我的言语在你呼吸中吐露。

孤独的时候，
我如月亮一般，
只有在太阳照射它时才能见到。

被爱情控制着的灵魂在呻吟中挣扎：
我哭，我燃烧，
我折磨自己，我的心痛苦得要死，
你带走了我生的欢乐。

噢，孤独

/〔英〕约翰·济慈

噢，孤独！
假如我和你必需同住，
可别选在这层叠的一片灰色建筑，
让我们爬上山，到大自然的观景台去，

在那里望去——
山谷、晶亮的河，锦簇的草坡，
看来不过方寸之间；让我守着你在枝叶荫蔽下，
看跳纵的鹿麋，把指顶花盅里的蜜蜂惊吓。

不过，虽然我和你观赏这些景色，
我的心灵更乐于和纯洁的心灵亲切会谈；
因为我相信，人的至高乐趣
是一对心灵回归宁静的港湾。

我们原本不同……

/〔英〕伊丽莎白·巴雷特·勃朗宁

我们原本不同，尊贵的人儿呀，
原本不同的是我们的职业和前程。
你我头上的天使，迎面飞来，
翅膀碰上了翅膀，彼此瞪着惊愕的眼睛。
你想，你是华宫里后妃的上宾，

千百双殷勤的明眸（哪怕挂满了泪珠，也不能教我的眼有这份光彩）请求你担任领唱。

那你为什么从那灯火辉煌的纱窗里
望向我？——我，一个凄凉、流浪的
歌手，疲乏地靠着柏树，吟叹在
茫茫的黑暗里。圣油搽在你头上——
可怜我，头上承受着冰凉的夜露。
只有死，才能把这样的一对扯个平。

失去的爱人

/〔英〕罗伯特·勃朗宁

那么，一切都过去了。
难道实情的滋味真有预想的那么难咽？
听，麻雀在你家村居的屋檐周围
叽叽喳喳地道着晚安。

今天我发现葡萄藤上的芽苞
毛茸茸地，鼓了起来；
再一天时间，就会把嫩叶催开，瞧：
暗红正渐渐转为灰白。

我最亲爱的，明天我们能否依旧重逢？
我能否依旧握住你的手？
“仅仅是朋友”，好吧，我失去的许多东西，最一般的朋友倒还能保留。

你乌黑澄澈的眼睛每一次闪烁
我都永远铭刻在心；
我心底也永远保留着你说
“愿白雪花回来”的声音！

但是，我将只说一般朋友的语言，
或许再稍微强烈一点点；
我会握你的手，只握礼节允许的时间，
或许再稍微长刹那！

歌谣

/〔英〕克里斯蒂娜·罗塞蒂

当我死了，亲爱的，
不要为我唱哀伤的歌谣，
也不必在坟前种植玫瑰，
也无须种植松柏在坟前；
就任由青草长在坟头上
承受着秋露和春雨；
要是你愿意，就记得，
要是你愿意，就忘却。
我将感觉不到雨露，
我将看不到阴影，
我将听不见夜莺

唱着像是哀吟的歌声。
在那幽冥中我入了梦，
那薄光不明也不灭；
也许，我还能记得，
也许，我忘却了一切。

于无声处

/〔英〕戴维·赫伯特·劳伦斯

晦暗的山前，一条若隐若现的彩虹，
在我们和彩虹中间，雷声轰鸣；
下面，青青的麦田中农民伫立着，
像黑黝黝的树根，静静地在青青的麦田中。

你在我的身旁，你赤脚穿着凉鞋，
透过阳台的光秃秃木材的芳香，
我闻到你的发香；此刻迅疾的
闪电从天空中划下。

浅绿的、结冰的河面上漂浮着
一艘黑色的船，漂过了暮色——又去了哪里？
雷声隆隆。但我还有你，你还有我。

赤裸裸的闪电在天空中劈下，
消失。你有我，我有你，还有什么？
船儿已经消失。

感怀 第十五

当你老了，头发白了，睡意昏沉，
炉火旁打盹，请取下这部诗歌，
慢慢读，回想你过去眼神的柔和，
回想它们昔日浓重的阴影；
多少人爱你青春欢畅的时辰，
爱慕你的美丽，假意或真心，
只有一个人爱你那朝圣者的灵魂，
爱你衰老了的脸上痛苦的皱纹；
垂下头来，在红光闪耀的炉子旁，
凄然地轻轻诉说那爱情的消逝，
在头顶的山上它缓缓踱着步子，
在一群星星中间隐藏着脸庞。

——〔爱尔兰〕威廉·巴特勒·叶芝《当你老了》

长久的沉默后

/〔爱尔兰〕威廉·巴特勒·叶芝

长久沉默后讲话了；是的，
一些情侣疏远了或已经作古，
灯罩掩藏了并不友好的光辉，
窗帘挡住了并不友好的夜幕，

我们正好议论了又重新议论，
艺术和诗歌这个至高的话题；
身体的衰老也是一种智慧，年纪轻轻，
我们当时相爱而实在无知。

临江仙

/ 宋·晏几道

梦后楼台高锁，酒醒帘幕低垂。
去年春恨却来时。落花人独立，微雨燕双飞。
记得小蘋初见，两重心字罗衣。
琵琶弦上说相思。当时明月在，曾照彩云归。

回响

/〔爱尔兰〕托马斯·穆尔

夜晚的音乐旋律，

回声应和得多么悦耳，

当笛声和号角声使她苏醒，

她越过草地与湖畔，

遥远地回答着光的召唤！

但爱情发出比这一切更加真实的回响，

比这一切更加甜美，

比在月色星光下面的

号角，柔和的吉他与芦笛

所奏的歌儿更心醉。

只有当叹息——在年轻人炽热的心中，

只有那个时辰——

让一个人听见所发出的叹息，

会被唯一真爱的人

给以炽热的共鸣。

总是一再地……

/〔奥地利〕莱尔·马利亚·里尔克

总是一再地，虽然我们认得爱的风景，
认得教堂小墓场刻着它哀悼的名姓，
还有山谷尽头静默得可怕的峡谷；
我们总是一再地，两个人走出去，
走到古老的树下，我们总是一再地
仰对着天空，卧在花丛里。

绿蒂与维特

/〔德〕约翰·沃尔夫冈·冯·歌德

青年男子，哪个不善钟情？
妙龄女人，哪个不善怀春？
这是我们人性中的至洁至纯；
啊，怎么从此中有惨痛飞迸？

可爱的读者哟，你哭他，你爱他，
请从非毁之前救起他的声名；

你看呀，他出穴的精魂正在向你耳语：
请做个堂堂男子哟，不要步我后尘。

星星们动也不动

/〔德〕海因里希 · 海涅

星星们动也不动，
高高地悬在天空，
千万年彼此守望，
怀着爱情的苦痛。

它们说着一种语言，
这样丰富，这样美丽；
却没有一个语言学家，
能了解这种语言。

但是我学会了它，
我永远不会遗忘；
供我使用的语法，
是我爱人的容颜。

我曾经爱过你

/〔俄〕亚历山大 · 谢尔盖耶维奇 · 普希金

我曾经爱过你：爱情，也许，
在我的心里尚未完全消退，
但愿它不会再去打扰你，
我也不想再使你难过悲伤。

我曾经默默无语、毫无指望地爱过你，
我既忍受着羞怯，又忍受着嫉妒的折磨，
我曾经那样真诚、那样温柔地爱过你，
愿上帝保佑你，还有人会像我一样爱你。

假如生活欺骗了你

/〔俄〕亚历山大·谢尔盖耶维奇·普希金

假如生活欺骗了你，
不要悲伤，不要焦虑！
忧郁的日子里需要的是沉静；
相信吧，欢乐的日子将会来临！

心要永远憧憬着美好未来；
即使现在满是忧郁。
一切都是瞬息，一切都将会过去；
而那过去了的，将会成为亲切的回忆。

不灭的记忆

/〔拉脱维亚〕莱尼斯

我爱着的时候的一切
永远不会忘记——
怎么能扼杀对爱情的回忆？

怎么能从自己亲手建造的大厦里
掘出地基，拿自己劳动的果实？

歌

/〔苏联白俄罗斯〕扬卡·库巴拉

菩提和雪球灿烂地
开遍了树林，
姑娘啊，我和你编造了
多少金色的美梦。

轻轻地摇荡着，喧哗着
那些自在的白杨，
芦苇和细枝也沙沙地
向我们呢喃细语。

当长长弯弯的裸麦穗子
蕴满了谷粒，
我们曾相遇过，拥抱过，
姑娘呀，我和你。

镰刀在刈草场上闪动着
发着明亮的光。
小小的花儿失去了知觉，
露水也已经消亡。

当山梨的浆果烂熟透了
变成黑的颜色，
怯生生地向周围张望，
姑娘啊，我和你。

石榴已经在叶子下面入睡，
绿的松杉林已经弯曲。
鹳鸟叫唱在远远的
不知何方的幽暗里。

致爱伦

/〔法〕皮埃尔·德·龙沙

当你十分衰老时，傍晚烛光下
独坐炉边，手里纺着纱线，
赞赏地吟着我的诗，你喃喃自言：
“龙沙爱慕我，当我正貌美华年。”

你的女仆再不会那样冷漠，
虽然在操劳之后她睡意方酣，
听见你说起龙沙，她也会醒过来，
以永生不朽为你祈福。

我将长眠地下，化作无形的幽灵；
我将安息在香桃木的树荫下；

而你会成为老妇人蜷缩炉边，
痛惜我的爱情，悔恨自己的骄矜。

你若信我的话，活着吧，不必等明天，
请从现在起，采撷生命的朵朵玫瑰。

决不再

/〔法〕保罗・魏尔伦

记忆啊，记忆，你想让我怎么样呢？
秋季
斑鸠飞起，划破凝重的空气
而太阳又向微黄的树林照射
一缕单调的光辉，那里北风正疾。

我们曾单独在一起，在梦中徜徉，
她和我，我们的发丝和思绪在风中飘着。
突然间，她转向我，
投来动人的目光：
“哪是你最快乐的一天？”
她的嗓音甜润、明亮，音色像天使般纯洁。

我对她报以微微一笑，
我吻了吻她白皙的手，虔诚地。
这初绽的花朵，她是那样芬芳！

那出自爱人芳唇的第一声“是啊”，
这呢喃的声音又是多么迷人！

米拉波桥

/〔法〕纪尧姆·阿波利奈尔

塞纳河在米拉波桥下流逝，
旧时欢爱。
何苦总是把它追忆，
伴随着痛苦而来的总是欢喜。

夜色降临，钟声悠悠。
年华逝去，此身尚在。
我们久久地面相对手相握。
在这段时辰里。

被人看倦了的水波，
在我们手臂搭的桥下流过。
夜色降临，钟声悠悠。
白昼离去而我逗留。

爱情从此流去如河水滚滚，
爱情从此离去。
既像生活一样迟钝，
又像希望一样不驯地狂奔。

夜色降临，钟声悠悠。
白昼离去而我逗留，
流走了一天天流走了一岁岁。
流走的岁月啊。

和爱情都一去不，
米拉波桥下奔流着塞纳河水。
任他日落暮钟残，
年华逝去，此身尚在。

你好，忧愁

/〔法〕保尔·艾吕雅

再见，忧愁。
你好，忧愁。

你刻在天花板的线条上，
你刻在我爱慕的眼睛中。

你并不完全完全是悲惨，
因为最可怜的人透露出你。
是通过一个嘴唇绽出的笑容。

你好，忧愁。
可爱的躯体之爱，
爱情多有威力。

爱情的美妙显现时，
像一个无形的魔鬼。

失望的头，
美丽的面孔，忧愁。

爱的秘密

/〔英〕威廉·布莱克

切莫诉说你的爱情，
爱情绝不能向人说明，
你看那轻轻吹动着的微风，
它总一声不响，不露形迹。

我就曾对情人吐露我的爱情，
战栗着，哆嗦着，带着恐惧，
我让她完全看透了我的心。
但结果啊！她很快就把我抛弃！

等她刚刚离开我的眼前，
一声不响，不露形迹，
一个旅人来到她的身边；
只因他一声忧郁的叹息，
她便随他而去。

爱的哲学

/〔英〕珀希·比希·雪莱

一

泉水总是向河水汇流，
河水又汇入海中，
天空里风与风互相渗透，
融洽于甜蜜的深情。
万物由于自然律
在同一精神中会合；
世界上一切都无独而有偶，
何以你我却独异？

二

你看高山在吻着碧空，
波浪也相互拥抱；
谁曾见花儿彼此不容，
姊妹把弟兄轻蔑？
灿烂的阳光拥抱大地，
明丽的月华亲吻海波，
这一切拥吻有何价值，
如果，你不肯拥吻我？

我想起……

/〔英〕伊丽莎白·巴雷特·勃朗宁

我记起，彼时希腊的诗人曾经歌咏：
这华年，这令人企盼、宝贵的一年又一年
它的每次降临，都带一份礼物
分送给世人——不分老幼。

当我这么想，沉浸在诗人的古调，
泪眼朦胧中，我仿佛看见，
我欢乐的岁月、哀伤的岁月——
我生命的历程，一一浮现
掠过我的身。
紧接着，我就觉察
有个阴影突然将我罩满，虽泣涕涟涟。

在移动，而且一把揪住了我的发，
往后拉，还有一声吆喝（我只是在挣扎）：
"这回是谁把你握在手中？猜！""死亡。"我答话。
听哪，那银铃似的回音："不是死亡，是爱情！"

旷野情侣

/〔英〕罗伯特·勃朗宁

不知你今天是否也能感应
我所感受的心情——当我们

在此罗马的五月的清晨
携手同坐在碧草茵茵，
神游这辽阔的旷野？

而我呢，我触及了一缕思绪，
它总是让我徒劳地追求，
就像蜘蛛吐出的游丝
横在路上把我们撩拨，
诗刚捉到它，转瞬又失去！

帮我捕捉它吧！起初它
从长在古墓砖缝里的
那株发黄结籽的茴香出发，
而对面那丛杂草荆棘
接过了飘浮的柔网轻纱，——

那儿有朵不大的橙子花，
招惹来五只盲目的绿色甲虫
在花蜜的美餐中陶醉；
末了，我又在草坡上把它追捕。

抓住它，别让它飞走！
毛茸茸的草毯茂密如云，
铺遍荒野，不见尽头。
静寂与激情，欢乐与安宁，
还有永远不停的空气之流——
啊，古罗马死后的幽灵！

这里，生命是如此悠久辽阔，
上演着如此神奇的活剧，
花儿的形象如此原始而赤裸，
大自然是如此随心所欲。
而上天只在高塔上俯瞰！

你呢，你会怎么说，我的爱人？
让我们别为灵魂而害羞，
正如大地赤裸着面对天空！
难道说，决定是否相爱，
都在我们的掌握之中？

我只希望你就是我的一切，
而你却只是你，毫不更多。
既非奴隶又非自由者，
既不属于你又不属于我！
错在哪里？何处是缺陷的症结？

我只希望能接受你的意愿，
用你的眼睛看，让我的心
永远跳动在你的心边，
愿在你的心泉尽情地饮，
把命运融为一体，不管好的、坏的。

不。我仰慕、我紧密地接触你，
然后就让开。我吻你的脸，
捕捉你心灵的温暖，我摘取

玫瑰花，爱它胜过一切语言，
于是美好的一分钟已逝去。

为什么我离那一分钟
已经这样远？ 难道我不得不
被一阵阵轻风吹送，
像蓟花绒球般四处飘扬，
没有一颗友爱的星可以依从？

看来我似乎马上就要领悟！
可是，丝在何处？ 它又已飞去！
总是捉弄人！只是我已辨出——
无限的情思，与一颗渴慕着的
有限的心的痛苦。

爱情残忍，爱情甜蜜

/〔爱尔兰〕托马斯·麦克多纳

爱情残忍，爱情甜蜜——
残忍的甜蜜。
情人相思叹息到相见
叹息和相见
叹息相见，再叹息——
残忍的甜蜜！啊，最甜蜜的痛苦！

爱情盲目，爱情狡黠，

盲目而又狡黠，
心事勇敢而腼腆——
勇敢而腼腆——
勇敢而腼腆，回头又勇敢——
勇敢是甜啊，——腼腆令肠断。

提示

/〔智利〕加夫列拉·米斯特拉尔

你别把我的手紧握。
长眠的时刻总要来到，
那时我双手合抱，
上面堆着许多尘土和黑影。

你会说：“我不能爱她，
因为她的手指纷纷脱落，
像是熟透的麦穗。”

你别吻我的嘴唇。
幽暗的时辰总要来临，
那时我躺在阴湿的地上，
嘴唇已经荡然无存。

你会说：“我爱过她，
可现在再也不能，

因为她已感受不到我的亲吻。”

我听了你的话会感到苦恼，
你说得未免荒唐，
当我手指脱落的时候，
我的手将放在你头上，
我呼出的气息
将拂过你忧愁的脸庞。

别再碰我，如果说我给你的爱情
在我张开的双臂，
在我的嘴唇、我的项颈，
那只是一派谎言，
如果你以为得到了一切，
也只是像孩子在骗自己。

因为我的爱不仅是
这具冥顽疲惫的躯壳，
穿上悔罪衣就瑟瑟发抖，
我感情升华时它却落后。

我的爱不在嘴唇，而在亲吻；
不在胸脯，而在声音；
它是上帝的一阵清风，
吹透了我这暂寄尘土的皮囊！

别离 第十六

我的生命了结前已了结两次；
它还要等着看
永恒是否还要向我展示
第三次事件。
像前两次一样重大，
一样，令人心灰望绝。
离别，是我们对天堂体验的全部，
对地狱短缺的一切。

——〔美〕艾米莉·狄金森《我的生命了结前已了结两次》

自从你走了后

/〔美〕詹姆斯·韦尔登·约翰逊

我似乎觉得星星不再明亮，
我似乎觉得太阳已失去光芒，
我似乎觉得没有一件事顺遂，
自从你走了后。

我似乎觉得天空不再湛蓝，
我似乎觉得什么都缺你照管，
我似乎觉得我不知所措，
自从你走了后。

我似乎觉得样样事都不对劲儿，
我似乎觉得一天就像两天一样漫长，
我似乎觉得雀鸟忘记了歌唱，
自从你走了后。

我似乎觉得我就只能够叹息，
我似乎觉得我的如鲠在喉，
我似乎觉得有泪水在眼里打转，
自从你走了后。

傻女珍妮与主教的对话

/〔爱尔兰〕威廉·巴特勒·叶芝

我在路上碰见主教，
两人高谈了一番。
“你的乳房已经松弛下陷，
血脉也快要枯干；
快住进天国的大厦吧，
别再待在臭猪圈。”

“美和丑是近亲，”我叫道，
“美需要丑，
心的高傲和肉的低贱
都证实这条真理。

——我朋友们虽死，但否认它，
坟或床都无能为力。

“当妇人对谁动了爱情之时，
她总会高傲而顽强，
但爱情却把它的卧室
设在排泄之所。
要明白，凡事若要完美，
都必须先撕破。”

假如有一天他回来了……

/〔比利时〕莫里斯·梅特林克

假如有一天他回来了
我该对他怎么说?
——就说我一直在等他
为了他我大病一场。

假如他认不出我了,
一个劲地盘问我呢?
——你就像姐姐一样跟他说话
他可能心里很悲伤……

假如他问起你在哪,
我又该怎样回答呢?
——把我的金戒指拿给他
不必再作什么回答……

假如他一定要知道
为什么屋子里没有人?
——指给他看,那熄灭的灯
还有那敞开的空房……

假如他还要问,问起你
弥留之际的表情?
——跟他说我面带笑容,
因为我怕他过于悲伤……

你的离别

/〔波斯〕阿布·阿布杜勒·加法尔·伊本·穆罕默德·鲁达基

你的离别，对我如同一场风暴，
把我如松的生命连根拔掉。
为什么我的全部身心紧系于你？
难道你卷曲的头发竟是铁钩？

虽然生命本微不足道，
但被你唇吻过后，生命的意义却不再一样了——
它能使爱慕的心中腾起烈焰，
而你的离去，则把我的心烧成废墟。

心爱的人，你还在睡觉？

/〔德〕迪特马尔·冯·艾斯特

“心爱的人，你还在睡觉？可惜我们马上就会被唤醒，一只美丽的小鸟，它已经跳上了菩提树的树梢。”
“我刚才睡得正香，是你，小宝贝，叫我起床。
世间爱情无不伴随着悲伤，你希望我做什么，尽管讲。”
女子哭泣，充满悲伤，
“你又要策马远行，留我独守空房，什么时候你才能回到我身旁？唉，你将我的幸福也带走了！”

欢会与别离

/〔德〕约翰·沃尔夫冈·冯·歌德

我的心在跳，赶快上马！
霎时间立即奔上征途；
黄昏已摇得大地睡下，
群山笼罩着一片夜幕。

槲树已经披上了雾衣，
仿佛岿然屹立的巨人，
幽暗从灌木林中窥视，
张着无数黑色的眼睛。

月亮在云峰之上出现，
透过了雾纱凄然观照，
晚风鼓起轻捷的翅膀，
在我的耳边发出哀号；
黑夜创造出无数妖魔，
我的心情却非常振奋：
我的血管里好像着火！
我的心房里烈焰腾腾！

见到你，你甜蜜的眼光
就灌给我柔和的欢喜；
我的心完全在你的身旁，
我的一呼一吸都是为你。
蔷薇般的艳丽春光，
烘托在你花容的四周，

你对我的柔情——啊，上苍！

我虽巴望，却无福消受！

可是，随着熹微的晨曦，
离愁已充满我的心中；
你的亲吻含多少欢喜！
你的眼睛含多少苦痛！
我走了，你低垂着头，
又目送着我，噙着泪珠；
不过，被人爱，多么幸运！
而有所爱，又是多么幸福！

别离

/〔俄〕叶甫根尼·阿布拉莫维奇·巴拉丁斯基

我们早已别离，
难得再会，
我这一生，梦幻般的日子太短，太短！

再也听不到那情话绵绵，
再也不能贪享那爱的眷恋！
我拥有的一切顿时烟消云散，

景物全非……好梦难圆！
我从幸福中收获的，
只有悲伤和辛酸。

我们已经分离了……

/〔俄〕米哈伊尔·尤里耶维奇·莱蒙托夫

我们已经分离了，但你的肖像
还深深地留驻在我的心中；
如同最好年华的淡淡的幻影，
它在滋润着我悲伤的心灵。

我又把自己交给了新的激情，
想要不再爱它了，但我却做不到；
正如同破落的殿堂——依然是庙祀，
一座被掀倒的圣像——依然是神祇！

自白

/〔俄〕叶甫根尼·阿布拉莫维奇·巴拉丁斯基

我不会故作多情，
也不会掩饰冷漠。
是的，爱情的火焰已经熄灭，
初恋的狂热已经退散。

你娇艳的容颜和那旧日的幻想啊，
我曾刻骨铭心；
但今日的回忆已了无生机，
旧日的誓言也回天乏术。

我并没有移情别恋，
请不要妒嫉。

多少岁月，我在离别的煎熬中度过，
在人生的暴风雨中，我获得了欢喜。
你的影子在我心中也已淡去，
我很少将你召唤，违背自己的意志。

炽热的爱已经逐渐冷却，
心中的火焰已自行停熄。
我孑然一身，仍有寻爱之心，
但我要将爱情远远抛弃，
不再坠入另一个情网，
只有那初恋才能使我沉迷。

命运将我彻底打败之时，
即是忧愁完全消逝之日；
也许，我将附和众议，
也许，我会选择一个不爱的伴侣，
在精心安排的婚礼上我会向她伸手表爱，
并在教堂里同她并肩而立；
她天真无邪，或许忠贞守节，
我也会对她说："你是我的！"

你一旦得知，万勿妒忌；
我们不会互倾心中的秘密，
也不会纵情欢乐与狂喜，

我们结婚未结同心，
是命运将我们牵到一起。

永别了，漫长道路上的爱侣！
我已踏上新路，新路也在等你，
要以理智抑制无益的悲伤，
不要和我做乏味的辩论。

诸事难从人愿，爱情身不由己，
在那青春的时光，
我们曾匆忙发过誓言，
但在命运之神看来，可能是荒诞滑稽。

我虽远行

/〔乌兹别克〕穆罕默德·穆基米

你明艳不可方物，见到你的容颜，
连玫瑰女王也会屈尊甘当奴仆。
只要我还活着——你的倩影就时刻在萦绕我心，
我虽远行，可我的心却与你同在。

你的眼眸使我心神荡漾，热血翻腾，
令我的心，犹如郁金香，充满馥郁芬芳，
只有你一人使我永远耿耿萦怀。
我虽远行，可我的心与你同在。

当我回到故园——你尽可不必询问：
我的行程如何？骑马去了哪里？
我又要漂泊异乡，铭记着你的形象——
我虽远行，可我的心与你同在。

是时候了，大地上全体居民都该承认：
我的绝代佳人——是你们的手足姊妹，
我一腔悲愁，分离的痛苦似万箭钻心。
我虽远行，可我的心与你同在。

在任何乡土找不到像你那样的旷世美人。
我的圣母啊，只是由于你的过失，
我才成为人们谣诼的对象。
我虽远行，可我的心与你同在。

所有的青年男子都为你折腰。
请接受我每日虔诚的祈祷。
但你却不想了解穆基米的情意。
我虽远行，可我的心与你同在。

温柔的光

/〔拉脱维亚〕莱尼斯

当我们离别的时候，亲爱的，
当我身边没了你，
我并不是独自一人，我感觉到

那灿烂的光就是你。

温柔的你，永远和我在一起，
那月亮上的少女就是你，

你——在那里，在那遥远的地方，
但你的心——却在我心里。

啊，当清晨升起霞光

/〔苏联〕马克西姆·高尔基

啊，当清晨升起霞光，
在那伏尔加——母亲河上，
在高高的山冈上，
我送我的爱人出海，
为捕鱼他就要奔赴远方。
我擦干了心中的泪水，
默不作声地送他起航，
我没有倾吐温柔的话语，
只备了三件礼物伴他远航。

我赠他的第一件礼物
是一捧家乡的泥土，
希望亲爱的人儿记住：
他在哪儿出生，
又在哪儿和我结为夫妇；

我赠他的第二件礼物
是一块束腰的红缎布，
我是怎样拥抱他勇士般的胸膛；

我的第三件礼物
是一根雪白的天鹅翎毛，
当他在海上遇难的时候，
好让它充当信使随风飘飞，

一旦我接到狂风送来的羽毛，
我便知道——我的爱人
已经倒下牺牲。

告别

/〔匈牙利〕裴多菲·山陀尔

刚是破晓，又到了黄昏，
我刚来，却又要去了，
我们相逢了不久，
又要告别，又要分离了。
别了，我美丽又青春的爱人，
我的心，我的爱情，我的灵魂，我的生命！

我从前是诗人，现在是战士，
我的手不拿琴了，却拿着剑，

向来有一颗金色的星引导我，
这时红色的北极光向我闪现。
别了，我美丽又青春的爱人，
我的心，我的爱情，我的灵魂，我的生命！

并不是为了荣耀，我才离开你……
幸福的玫瑰早在我头上戴满，
已经没有戴桂冠的余地了，
也不愿为了桂冠，把玫瑰丢在一边。
别了，我的美丽又青春的爱人，
我的心，我的爱情，我的灵魂，我的生命！

并不是为了渴望着声誉而离开你，
你知道：早已死去了，我这渴望，
如果需要，我只为我的祖国流血，
为了祖国，我才走上血战的战场。
别了，我美丽又青春的爱人，
我的心，我的爱情，我的灵魂，我的生命！

即使没有人去保卫祖国，
我一个人依然要去保卫她；
何况现在个个人都参加作战，
我一个人难道还能守着家？
别了，我美丽又青春的爱人，
我的心，我的爱情，我的灵魂，我的生命！

我并不要求你：想念你的爱人，
虽然他为了祖国、为了你而作战；
可是我认识你，我很知道，
只有我，是你的唯一的思念。
别了，我美丽又青春的爱人，
我的心，我的爱情，我的灵魂，我的生命！

我回来的时候，也许已是残躯，
可是那时你依然并不变心，
我要宣誓：我带回来忠实的爱情，
正和临走的时候一样地完整！
别了，我的美丽又青春的爱人，
我的心，我的爱情，我的灵魂，我的生命！

清晨离别

/〔英〕罗伯特·勃朗宁

绕过突兀的海岬，
太阳从山的边缘刚刚露脸；
一条笔直的金光大道在他面前，
而我需要的，是一个男性的世界。

一个冬天的故事

/〔英〕戴维·赫伯特·劳伦斯

昨天，还只是碎雪斑驳，
此时，连最高的草也几乎浮现不出；
而她，在雪地上踩出深深的脚印，
朝着白色小山梁的松林走去。

我看不见她，因为苍白的雾霭
裹着黑暗的森林和暗橘色的天空，
但我知道，她在等待，焦急而寒栗，
她的哭泣挣扎着，一半化作冰霜一样的叹息。

她为什么急着来，她该知道
这只是让命定的别离来得更早。
山坡很陡，我踏雪行步迟迟——
她为什么还来，我要说的话她明明知道？

怀念 第十七

十年生死两茫茫，不思量，自难忘。
千里孤坟，无处话凄凉。
纵使相逢应不识，尘满面，鬓如霜。

夜来幽梦忽还乡，小轩窗，正梳妆。
相顾无言，惟有泪千行。
料得年年肠断处，明月夜，短松冈。

——宋·苏轼《江城子·乙卯正月二十日夜记梦》

安娜贝尔·李

/〔美〕爱伦·坡

很久很久以前，
在一个滨海的王国，
你或许会认识一个少女名字叫作安娜贝尔·李——她活着别无他念
只为和我两情相悦。

那时我还是个孩子，她也稚气未脱
就住在这个滨海的王国，
我们的爱情超越一切
我同我的安娜贝尔·李，我们的爱情纯真至诚——
连六翼的天使也把我和她嫉妒。

在很久以前，在这滨海的王国，
夜空中从云端度卷来一阵狂风，冻僵了我的安娜贝尔·李；
她的出身高贵的亲戚不由分说
从我手边夺走了安娜贝尔·李，
将她囚禁在坟墓里
在那王国的海滨。

这些天使在天上，不及我和她一半快乐
对——就是这个缘故
云端刮起了寒风，
冻僵并带走了我的安娜贝尔·李。

可我俩的情深超过了一切爱情，

比年轻人更坚定——

比聪明人更永恒——

无论天上的天使

还是海底的恶鬼，

都不能将我们的灵魂分离——我和我美丽的安娜贝尔·李。

每当皓月当空，我总要梦见安娜贝尔·李可爱的倩影；

每当星斗升天，我总会看到安娜贝尔·李动人的眸子；

就这样，我整夜安息在她身旁——

我的爱人，最爱的人，我的生命，我的新娘！

她的墓穴就在海滨——

在大海边她的墓穴里。

回忆（节选）

/〔法〕阿尔弗雷德·德·缪塞

对了，就是这些山野，这些开花的荆榛，

这种清脆的脚步，在这静悄悄的沙地，

她搂着我，就是在这些多情的小径，

一路上呢喃私语。

对了，就是这许多绿荫浓郁的松杉，

这条幽深的山径徐徐蜿蜒，

这些自然界朋友万古长新的天籁，

曾愉悦我的青春。

对了，是这些树丛藏着我整个华年，
它在我脚步声中像群鸟一样啾鸣。
你，迷人的处所啊，她曾来过的胜境，
不料到我会故地重游？

啊！让它们流出吧，我心底的泪，
这是创伤未愈的心灵翻起的潮汛！
不要擦去它们呀，让我的眼睑留住
这幅过去的纱巾！

我绝不是来发些无益的悔恨之声，
引起这片曾见我幸福的树林回响。
这些树是高昂的，既妍美而又宁静，
我的心同样高昂。

……

它们都哪里去了，我平生种种忧愁？
凡是催我老去的，现在都杳无踪影，
我只要眼看一看这故地重游的山谷
便又恢复了少年之心。

你啊，光阴的威力！你啊，似水年华！
你们带去我们的涕泪、呼号和恨事，
但是蒙你们慈悲，你们从来不践踏
我们萎去的花枝。

我衷心祝福你们那种慰情的怜悯！
我从来没有想到像这样一个伤疤，
当时是那么痛而现在摩抚伤痕
却又是那么甜！

……

我曾经爱过……

/〔法〕弗朗西斯·雅姆

我曾经爱过克拉拉·伊丽贝丝，
一个在古老的寄宿制学校读书的女孩，
她常常在暖和的黄昏到山楂树下，
去读那些已经过期的杂志。

我只爱她，我感觉到在我的心里
她那洁白胸脯的天蓝的光芒。
她在哪里？那时的幸福在哪里？
树的枝叶进入了她那明亮的卧室。

也许她还没有向人间告别——
或者，也许我们俩都已死去。
宽敞的庭院里有枯死的树叶，
在夏夜的凉风中，在迢递的往昔。

你可记得那些孔雀翎，
插在花瓶里，在贝壳饰物的旁边？
我们听说那里有一只船失事了；
我们把新发现的大陆称为“沙滩”。

我渴望

/〔古巴〕何塞·朱利安·马蒂·佩雷斯

我渴望，回到我
和情人去过的角落，
那时只有她和我
在那里踏浪、嬉乐。

只有她和我，
她和我，
由两只小鸟陪伴着；
它们突然警觉，
躲进了幽暗的洞穴。

她的双眸一直望着，
那一对小生命多么快乐，
她手中拨弄着女园丁送给她的
红色的百合。

她用自己的双手，

摘下芳香的金银花，
那朵凤仙多么高雅，
那朵素馨宛如一颗银色的星星。

为献殷勤凑到眼前，
我要替她打开阳伞；
可是她说：“且慢，
今天的太阳我很喜欢。”
“我从未见过这许多的橡树，
如此挺拔，如此高洁；
耶稣基督一定住在这个地方，
你看有那么多的教堂。”
“我知道我未来的小女，
将到此地来领圣体，
我将给她穿上银色纱衣，
宽檐礼帽一戴，倍添容仪。”

从阳光下来到树荫里，
我们紧紧拥吻在一起；
此时传来教堂的乐音，
三拍的节奏依依稀稀。

如今我要故地重游，
只当她不曾存在一样；
回到那静静的冰湖之上，
去分担小船龙骨的忧伤，
抚摩那无言以对的船桨。

她久久停留在我的心中

/〔意大利〕弗兰齐斯科·彼特拉克

她久久地停留在我的心中，
倾尽莱泰河水也冲不去这印象，
爱神的熠熠星光照耀她的容颜，
透过黎明的曙光，我又看见了她的身姿。

她是那样圣洁、端丽、矜持、娴静，
还和我初见她时一样，分外高雅，
我不禁惊呼起来："她还活着，是她！"
我恳请她向我说几句温柔的话儿。

她分明要说话了，但是她却欲言又断，
就好像一个曾经受骗的人，
我在心中告慰自己："呀，你受了骗，
你要知道：在 1348 年
4 月 6 日凌晨 1 时，幸福的灵魂
已从她的躯体飞向遥远的天边。"

海波浪

/〔意大利〕夸西莫多

多少个夜晚
我听到大海的轻波细浪
温柔地拍打着海滩，
发出了一阵阵温情的
轻声细语。

仿佛从消逝的岁月中
传来一个亲切的声音
掠过我的记忆的深海
发出袅袅不断的回音。

仿佛海鸥
悠长低回的啼声；
或许是
飞鸟向平原滑翔
迎接旖旎的春光
婉转地欢唱。

你
与我——
在那难忘的年月
伴随这海涛的悄声碎语
曾是何等亲密相爱。

啊，我多么希望

我的怀念的回音
像这茫茫黑夜里
大海的轻波细浪
飘然来到你的身旁。

梦亡妻

/〔英〕约翰·弥尔顿

我仿佛看见我去世不久圣徒般的亡妻
被送回人间，犹如阿尔塞斯蒂斯从坟墓
被尤比特伟大的儿子用强力从死亡中抢回，
苍白而虚弱，交给了她的丈夫，使他欢喜。

她好像古时洗身礼拯救的妇女，
已洗涤干净原来产褥的血污；
她穿着她心地那样纯净的白衣，
正如我相信我会无拘无束
有一天在天堂里面遇见她那样。

她虽然蒙着面纱，我好像看见
她全身透出亲热、淑善，和温纯，
比任何人脸上显露的都叫人喜欢。

但她正俯身要和我拥抱时，我醒了，
人空了，白天带来了黑夜漫漫。

无题

/〔英〕威廉·华兹华斯

我曾在他乡作客，
在那遥远的海外；
英格兰！那时，我才懂得
我对你的爱有多深。

终于过去了，那忧伤的梦境！
我再不离开你远游；
我对你的一片真情藏于心中
时间愈久愈醇厚。

在你的山岳中，我终于获得
向往已久的宁静；
我心爱的人儿摇着纺车，
坐在英式的火炉边。

你晨光展现的，你夜幕遮掩的
是露西游憩的林园；
露西，她最后一眼望见的
是你那碧绿的草原。

我清楚记得你的欢颜

/〔英〕瓦特·兰德

我清楚记得你的欢颜
看我在松软的海滩上
写下你的名字……“啊！真是个孩子！
你以为你是把字刻在石头上！”

从那以后我曾写下海潮
冲洗不掉的文字，未来的人们
将在广阔的海洋上读到它的字
并将重新发现伊安西的名字。

致——温柔的歌声已消逝

/〔英〕珀西·比希·雪莱

温柔的歌声已消逝，
乐音仍在记忆里萦回；
芬芳，虽然早谢了紫罗兰，
却留存在它所刺激的感官。

玫瑰花朵一朝谢去，
落英堆成恋人的床帏；
你去后怀念你的思绪，
该是爱情在上面安睡。

恍悟

/〔英〕但丁·阿利吉耶里

我一定到过此地，
何时，何因，却记不起。
只记得门外芳草依依，
阵阵甜香。
围绕岸边的闪光，海的叹息。

往昔你曾属于我——
只不知距今已有多久，
但是刚才燕子飞来，
你转过头，
纱幕落了！——这一切我似曾相识。

莫非真有过此情此景？
时间的飞旋会不会再一次降临
恢复我们的生活与爱情，
超越了死亡，
日日夜夜我们能重拾欢愉？

声音

/〔英〕托马斯·哈代

我思念的女人，是你吗？
一声声地唤我，唤我，
说你不再是与我疏远时的情景，
又复是当初我们幸福时的容颜。

真是你的声音吗？那么让我看看你，
站着，就像当年等我在镇边，
像你惯常那样站着：我熟悉的身姿，
与众不同的连衣裙，一身天蓝！

也许，这不过是微风朝我这边吹来，
懒洋洋地拂过湿润的草地，
而你已永远化为无知觉的空白，
无论远近，我再也听不到你？

我的周围落叶纷纷，
我迎步向前，步履蹒跚。
透过荆棘丛渗过来稀薄的北风，
送来一个女人的呼唤。

灰色调

/〔英〕托马斯·哈代

那个冬日，我俩站在小池边，
太阳苍白得像遭了上帝谴责，
枯萎的草坪上几片发灰的树叶，
那是一棵白蜡树落下的树叶。

你看我的眼神游移，仿佛是在看
多年前已猜破了的乏味谜语；
你我间敷衍的几句外交辞令，
令我们残存的爱情更加惨淡。

你唇上的微笑充满死亡的意味，
它的活力刚刚够赴死之用，
其中掠过了苦涩的影踪，
像一只不祥之鸟飞过……

多么辛酸的一课：爱情善欺善毁，
这一课，从此为我画出你的面目，
画出上帝诅咒的太阳，一棵树
以及灰色落叶镶边的一汪小池。

徒劳地等待

/〔智利〕加夫列拉·米斯特拉尔

我忘了
你轻快的脚步已化为灰烬，
仿佛在美好时辰
到小路上把你找寻。

穿过山谷、河流和平原，
歌声变得幽幽咽咽。
黄昏倾泻了它的光线，
可你仍是动静杳然。

太阳火红，枯萎的罂粟花瓣
已经散落成碎片；
细雾蒙蒙使原野抖颤，
我孑然一身与谁为伴！

秋风瑟瑟，摇曳着
一棵树的发白的手臂。
我感到恐惧，呼唤着你：
“快快来呀，亲爱的！
我有恐惧也有爱情，
亲爱的，加快你的行程！”
夜色变得越来越重，
我对你的爱意越来越浓。

我忘了
你已听不到我的呼唤；

我忘了
你的沉默和暗淡的容颜；

忘记了你冰冷僵硬的手
已不会将我找寻；
忘记了你的瞳孔已经扩散，
由于上帝对你的审问！

夜色展开了黑色的幕帐，
报忧不报喜的猫头鹰
将可怕的、丝绸的翅膀
扑打在田间的小路上。

我不再将你呼叫，
你已不在那儿操劳；
我赤着脚继续行走
你已经不再上路。

我沿着荒凉的小路
徒劳地寻寻觅觅。
你的幽魂不会进入
我敞开的怀抱！

守护 第十八

劝君莫惜金缕衣，劝君惜取少年时。

花开堪折直须折，莫待无花空折枝。

——唐·杜秋娘《金缕衣》

千万别摘果子

/〔美〕埃德娜·圣·文森特·米莱

千万，千万不要从枝上摘下果实，
收进桶里。
那些想品尝爱情的人，必须直接采撷。
虽然树枝弯曲如芦苇，
虽然果子在草地上跌破，在树上萎缩，

想品尝爱情的人，只能收获
他肚子能盛下的东西，
不准用围裙兜，不准口袋装。
千万，千万别从枝上摘下果子，
收进桶里。

爱情的冬天，是满地烂叶败果的园子里
一个地窖，堆着空的箱篓。

爱情的滋味

/〔波斯〕阿布·阿布杜勒·加法尔·伊本·穆罕默德·鲁达基

精灵即使跌落在水中，
响声也会悦耳，并仍有如月的容颜。
用这井水浇灌的土地，会有水仙花滋生，
而清秀的水仙，会令我目光流连。

谁若想要品尝爱情的真味，
就必须对自己克制，对爱人深情。
白天要能够忽略高大的梁柱，
夜晚却应当注意到哪怕最细小的草茎。

约翰·安特生，我的爱人

/〔英〕罗伯特·彭斯

约翰·安特生，我的爱人，
记得我们第一次相遇，
你的头发漆黑，
你的面如白玉；
而如今，你的头发雪白，
你的皱纹爬上你的脸庞。
祝福你那一片风霜的白头！
约翰·安特生，我的爱人。

约翰·安特生，我的爱人，
记得我俩一起爬山，
多少青春的日子，
一起过得美满！
如今啊，到了下山的时候，
让我们搀扶着慢慢走。
到山脚双双躺下，还要并头！
约翰·安特生，我的爱人！

有赠

/ 戴望舒

谁曾为我束起许多花枝，灿烂过又憔悴了的花枝？谁曾为我穿起许多泪珠，又倾落到梦里去的泪珠？

我认识你充满了怨恨的眼睛，我知道你愿意缄在幽暗中的话语，你引我到了一个梦中，我却又在另一个梦中忘了你。

我的梦和我的遗忘中的人，哦，受过我暗自祝福的人，终日有意地灌溉着蔷薇，我却无心地让寂寞的兰花愁谢。

守护者

/〔爱尔兰〕詹姆斯·斯蒂芬斯

一朵玫瑰给姑娘鬓边，
一枚戒指给新娘，
一团欢乐给家庭，
清洁又宽敞——
是谁在户外雨中
期待企望？
一颗忠心给老友，
一片诚意给新知：
爱情能赋予大地天堂的色调——

是谁站立在那里
看露珠闪耀？
一朵微笑给别离时刻，

一颗泪珠送给路途，
上帝的求爱
就这样结束——

是谁在黑风地里
坚持守护?
他，在户外雨中期待企望，
他，站着看露珠在四野闪亮，
他，迎着风守护——

该驰骤奔忙
尽管苍白的手握紧
带着玫瑰，
带着戒指，
带着新娘，
该驰骤奔忙，
带着玫瑰的红色，
带着戒指的金光，
带着新娘的嘴唇和鬓发柔长。

论爱

/〔黎巴嫩〕纪伯伦·哈利勒·纪伯伦

于是爱尔美差说，请给我们谈爱。

他举头望着民众，他们一时静默了。他用洪亮的声音说：

当爱向你们召唤的时候，跟随着他，

虽然他的路程是艰险而陡峻。

当他的翅膀环抱你们的时候，顺从他，

尽管那羽翼中的利刃可能会伤害你们。

当他对你们讲话的时候，信从他，

他的声音会击碎你的梦幻，如同北风吹芜了花园。

爱虽给你加冠，他也要钉你在十字架。他虽栽培你，他也刈剪

他虽升到你的最高处，抚惜你在阳光中颤动的枝叶，

他也要降到你的根下，撼动你的根底的一切关节，使之归土。

如同一捆稻粟，他把你束聚起来。

他舂打你使你赤裸，

他筛分你使你脱壳，

他磨碾你直至洁白，

他揉搓你直至柔韧。

然后他送你到他的圣火上去，使你成为上帝圣筵上的圣饼。

这些都是爱要给你们做的事情，使你知道自己心中的秘密，

在这知识中你便成了“生命”心中的一屑。

假如在你的疑惧中，只寻求爱的和平与逸乐，

那不如掩盖你的裸露，而躲过爱的筛打，

而走入那没有季候的世界，在那里你将欢笑，却不是尽量地

笑悦，

你将哭泣，却没有流干了眼泪。

爱除自身外无施与，除自身外无接受。

爱不据有，也不被据有。

因为爱在爱中满足了。

当你爱的时候，你不要说“上帝在我的心中”，

却要说“我在上帝的心里”。

不要想你能导引爱的路程，因为若是他觉得你配，他就导引你。

爱没有别的愿望，只要成全自己。

但若是你爱，而且需求愿望，就让以下的做你的愿望吧：

融化了你自己，像溪流般对清夜吟唱着歌曲。

要知道过度温存的痛苦。

让你对于爱的了解毁伤了你自己，而且甘愿地喜乐地流血。

清晨醒起，以喜扬的心来致谢这爱的又一日；

日中静息，默念爱的浓欢；

晚潮退时，感谢地回家；

然后在睡时祈祷，因为有被爱者在你的心中，有赞美之歌在你的唇上。

你可还记得？

/〔德〕汉斯·台奥多尔·沃尔特森·斯托姆

你可还记得，每逢春夜，
我们凭窗俯望花园，
夜色之中，那儿神秘地
飘着迎春花和紫丁香的清香？
头顶上的星空是那样寥廓，
你是那样年轻——
时间暗暗飞逝。

夜色多么寂寥！
海边清楚地传来千鸟的鸣声；

我们的视线越过树梢
默默地眺望朦胧的乡村。
如今我们的四周又是一片春光,
只是我们已失去故乡。

如今我常在夜阑深处倾听。
听夜风是否还吹向故乡。
凡是在故乡建立家庭的人,
他就不会再在异乡流浪。
他的眼睛总是常常望着故里;
唯有一点安慰——我们还携手在一起。

不平静的坟墓

/〔英〕无名氏

我的爱人,今天风声呜咽,
寒雨潇潇;
我只有一个坚贞的爱人,
躺在冰冷的墓窖。

"为了我坚贞的爱人我可以做任何事,
就像年轻小伙子一个样;
我要守在她墓畔哀悼,
度过一年零一天的时光。"

一年零一天已到期限，
墓中人开始说话：
“啊，是谁坐在我坟旁哭泣，
不让我安息长眠？”

“是我，我的爱人，坐在你的坟边，
使你不得安眠；
因为我渴望吻你冰冷如土的双唇，
这就是我整个心愿。”

“你渴望吻我冰冷如土的双唇，
可我的气息土腥味太重太浊，
要是你吻了我冰冷如土的双唇，
你的来日也就屈指可数。”

在远处绿油油的花园内，
亲爱的，我们曾在那散步流连，
我们见过的最美的花，
如今只剩下花梗，凋谢枯萎。

“花梗已枯干，我亲爱的，
我们的心儿也将衰朽；
你可要顺天知命，我亲爱的，
静候上帝向你招手。”